NORA ROBERTS

W0372793

FASCINACIÓN

EL LEGADO DE LOS DONOVAN

HARLEQUIN®
Tiempo para ti™

Editado por HARLEQUIN IBÉRICA, S.A.
Hermosilla, 21
28001 Madrid

© 1992 Nora Roberts. Todos los derechos reservados.
FASCINACIÓN, Nº 214 - 5.5.00
Título original: Entranced
Publicada originalmente por Silhouette Books, Nueva York.

Todos los derechos están reservados incluidos los de reproducción, total o parcial. Esta edición ha sido publicada con permiso de Harlequin Enterprises II BV.
Todos los personajes de este libro son ficticios. Cualquier parecido con alguna persona, viva o muerta, es pura coincidencia.
™ ® Harlequin y logotipo Harlequin son marcas registradas por Harlequin Enterprises II BV.

I.S.B.N.: 84-396-7952-1
Depósito legal: B-13698-2000
Editor responsable: M. T. Villar
Fotomecánica: PREIMPRESIÓN 2000
C/. Matilde Hernández, 34. 28011 Madrid
Impresión y encuadernación: LITOGRAFÍA ROSÉS, S.A.
C/. Energía, 11. 08850 Gavá (Barcelona)
Fecha impresión Argentina:3.7.00
Distribuidor exclusivo para España: M.I.D.E.S.A.
Distribuidor para México: INTERMEX, S.A.
Distribuidores para Argentina: interior, BERTRAN, S.A.C. Vélez Sársfield, 1950. Cap. Fed./ Buenos Aires y Gran Buenos Aires, VACCARO SÁNCHEZ y Cía, S.A.
Distribuidor para Chile: DISTRIBUIDORA ALFA, S.A.

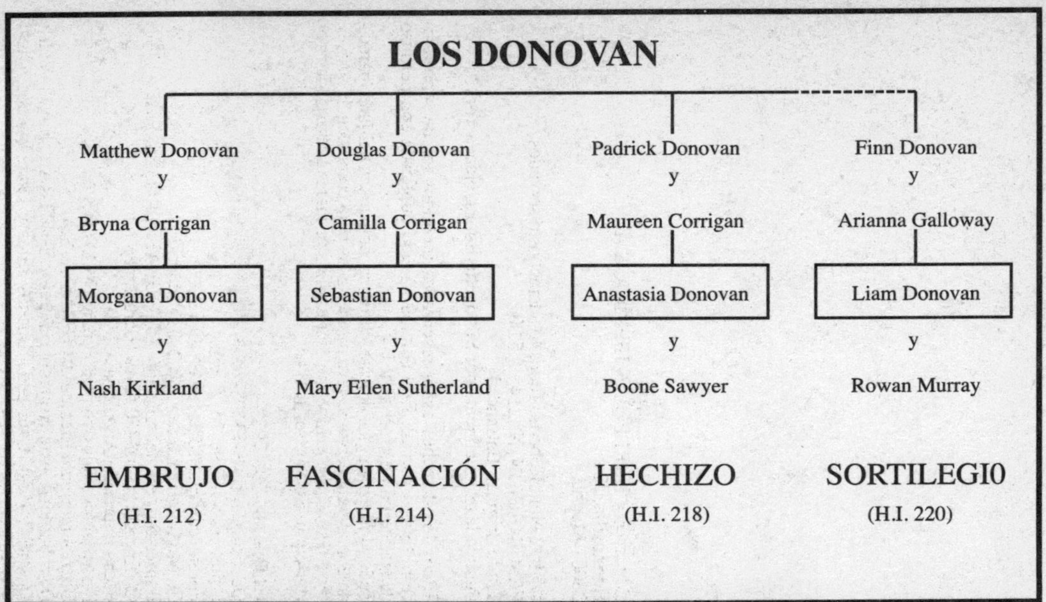
LOS DONOVAN
Matthew Donovan
y
Bryna Corrigan
Morgana Donovan
y
Nash Kirkland
EMBRUJO
(H.I. 212)
Douglas Donovan
y
Camilla Corrigan
Sebastian Donovan
y
Mary Ellen Sutherland
FASCINACIÓN
(H.I. 214)
Padrick Donovan
y
Maureen Corrigan
Anastasia Donovan
y
Boone Sawyer
HECHIZO
(H.I. 218)
Finn Donovan
y
Arianna Galloway
Liam Donovan
y
Rowan Murray
SORTILEGI0
(H.I. 220)

Prólogo

Pronto comprendió su poder. No tuvieron que explicarle lo que corría por su sangre y lo convertía en lo que lo era. Ni hizo falta que le dijeran que no todo el mundo poseía aquel poder.

Podía ver.

Las visiones no siempre eran agradables, pero sí fascinantes. Cuando las tenía, aun siendo un niñito cuyas piernas apenas lo sujetaban de pie, las aceptaba con la misma naturalidad con que aceptaba la salida del sol cada mañana.

A menudo, su madre se tiraba en el suelo a su lado, con la cara pegada a la de él, mirándolo a los ojos. Mezclado con su enorme amor brillaba la esperanza de que su hijo aceptara aquel poder... y de que nunca lo hiciera sufrir.

«¿Quién eres?». Podía oír los pensamientos de su madre como si los hubiera pronunciado en alto. «¿Quién serás?».

Eran preguntas que no podía contestar. Incluso entonces sabía que era más difícil mirar dentro de uno mismo que ver el interior de los demás.

Con el paso del tiempo, el don no le impidió corretear y pelearse con sus primas. Como no fue óbice para disfrutar de un cucurucho de helado durante una tarde de verano, o para reír con los dibujos animados en la mañana de un sábado.

Era un chico normal, activo y travieso, con una mente aguda, en ocasiones perversa, un rostro muy atractivo con unos ojos azul grisáceo hipnóticos y una amplia sonrisa, presta a sonreír.

Pasó todas las etapas que llevaban a un chico hacia la edad adulta: los rasguños de las rodillas y los huesos rotos, el primer vuelco del corazón ante la sonrisa de una joven bonita, la rebeldía adolescente. Como todos los niños, se hizo mayor, se fue de la casa de sus padres y eligió una propia.

Y el poder se desarrolló con él.

Se sentía cómodo y satisfecho con la vida que llevaba. Y aceptaba, desde bien pequeño, el hecho de que era un brujo.

Uno

Soñó con un hombre que estaba soñando con ella. Pero él no dormía. Podía ver, con absoluta nitidez, que estaba parado frente a una ancha ventana, con los brazos relajados a ambos costados. Pero su cara parecía muy tensa y concentrada. Y sus ojos... eran tan profundos e implacables. Grises, pensó mientras se volteaba en la cama. Pero no del todo. También tenían vetas azules. El color le recordaba a las rocas que pendían de lo alto de un acantilado, y a las aguas calmadas de un lago .

Era muy raro. Sabía que su rostro estaba crispado, pero no podía ver más que aquellos ojos, fascinantes y perturbadores.

Y sabía que el hombre estaba pensando en ella. Y no sólo pensando, sino, de alguna manera, viéndola. Como si ella estuviera al otro lado de la ventana, de pie como aquel desconocido, mirándolo. Estaba segura de que si alzaba la mano hacia el cristal, sus dedos lo atravesarían hasta enlazarse con los de él.

En cambio, arrugó un poco más las sábanas y murmuró adormilada. Lo irracional no tenía cabida para Mel Sutherland, ni siquiera en sueños. La vida tenía unas reglas y estaba convencida de que era mejor seguirlas.

De modo que no alzó la mano hacia el cristal para tocar a aquel hombre. Se dio media vuelta con brusquedad y tiró la almohada al suelo, deseando que el sueño finalizara.

Cuando se desvaneció, se sumió, aliviada y decepcionada a un tiempo, en un profundo letargo sin sueños.

Pocas horas después, con las visiones nocturnas ocultas en el subconsciente, abrió los ojos de golpe ante el ruido estridente del despertador de la mesilla de noche. Lo apagó de un manotazo experto. No había peligro de que se amodorrara y se quedase dormida nuevamente. El cerebro de Mel estaba tan regulado como su cuerpo.

Se incorporó y dio un bostezo mientras se estiraba. Luego se alisó el cabello, rubio y enmarañado. Sus ojos verdes, heredados de un padre al que no recordaba, permanecieron borrosos unos segundos. Hasta que enfocaron las sábanas revueltas.

Una noche movidita, pensó mientras sacaba las piernas de la cama. Lo que no era de extrañar. Lo raro habría sido que hubiese dormido como un bebé, con lo que tenía que hacer ese día. Se puso los pantaloncitos de un chándal y, cinco minutos más tarde, sin cambiarse la camiseta con la que había dormido, se dispuso a correr sus tres kilómetros diarios.

Al abrir la puerta, se besó las puntas de los dedos y los apoyó sobre la cerradura. Porque aquella era su casa. Su hogar. E incluso después de cuatro años, no lo daba por sentado.

No era gran cosa, pensó mientras calentaba un poco los tobillos. Sólo un apartamento en un edificio situado entre una lavandería y una empresa contable en apuros. Pero tampoco necesitaba más.

Mel no hizo caso del silbido ni de la mirada apreciativa de un conductor. Ella no corría para exhibir sus largas y torneadas piernas. Corría porque mantener aquel ejercicio matutino disciplinaba su cuerpo y su cerebro. Una detective privada perezosa podía meterse en líos. O acabar desempleada. Y eso era inconcebible para Mel.

Empezó a un ritmo pausado, disfrutando del modo en que sus zapatillas golpeaban la acera, maravillada con el brillo del cielo, que auguraba un hermoso día. Era agosto y pensó lo horrible que sería estar en Los Ángeles. Allí, en Monterrey, la primavera era perpetua. Con independencia de lo que dijera el calendario, el aire era fresco como la fragancia de una rosa.

Era demasiado temprano para que hubiese tráfico. Allí, en la zona céntrica, no coincidiría con otros deportistas. En la playa habría sido otra cosa, pero Mel prefería correr sola.

Sus músculos empezaban a calentarse. Un barniz de sudor brillaba sobre su piel. Aumentó la velocidad ligeramente, hasta marcar un ritmo tan familiar para ella que ya era tan automático como respirar.

Durante el primer kilómetro, dejó la mente en blanco, abandonándose a observar, por ejemplo, un coche azul oscuro que apenas se había detenido ante una señal de stop. Tenía matrícula de Plymouth, del año 82. Recordaba los detalles por constumbre, para no perder la práctica.

Alguien descansaba boca abajo sobre el césped de un parque. Al pasar frente a él, este se movió y encendió una radio. Supuso que sería un universitario de los que hacían autostop para recorrer el país. Llevaba una mochila azul, con un estampado de la bandera de Estados Unidos. Era moreno y la canción que sonaba...

–*Cover Me*, de Bruce Springsteen –murmuró Mel mientras se alejaba.

Dobló una esquina y le llegó el olor

de una panadería. Un olor delicioso. Por no hablar de las rosas, aunque se habría dejado torturar antes de admitir que tenía debilidad por las flores. Los árboles se dejaban mecer por una suave brisa y, si se concentraba, si se concentraba a fondo, podía oler el mar.

La encantaba sentirse despierta, despejada y sola. Le gustaba conocer aquellas calles y saber que pertenecía a ese sitio. Que podía quedarse allí y que no tendría que volver a marcharse en el ruinoso coche de su madre, cada vez que a esta se le antojara:

«Venga, Mary Ellen. Creo que ha llegado el momento de que nos mudemos», le decía una noche cada cierto tiempo.

Y se marchaba junto a su madre, a la cual adoraba con todo su corazón. Encendía el motor y las luces iluminaban el camino hacia una nueva casa, un colegio nuevo, nueva gente.

Pero nunca se quedaban fijas en ningún sitio. Su madre no tardaba en sentirse incómoda, hacían las maletas y volvían a mudarse.

¿Por qué siempre había tenido la sensación de que estaban huyendo de algo?

Por supuesto, todo eso había terminado. Alice Sutherland se había comprado un todoterreno y estaba felicísima, dando saltos de un estado a otro y de aventura en aventura.

Pero Mel ya era adulta y había decidido establecerse. Bien es cierto que sus deseos no habían terminado de cuajar en Los Ángeles, pero sí había llegado a experimentar lo que sería echar raíces. Había pasado dos años muy frustrantes y enriquecedores en el Departamento de Policía de Los Ángeles. Dos años en los que había comprendido que la entusiasmaba velar por el cumplimiento de la Ley, aunque poner multas y rellenar formularios no fuese la modalidad específica que más la colmaba.

Por eso se había mudado a Monterrey, donde había abierto Investigaciones Sutherland. Seguía rellenando formularios, y a montones, pero eran sus formularios.

Había cubierto el primer kilómetro y medio, punto de retorno hacia casa. Como de costumbre, la satisfizo comprobar lo bien que respondía su cuerpo. No siempre había sido así: no durante su etapa de adolescente, alta y desgarbada, de rodillas y codos marcados, como pidiendo a gritos arañazos y magulladuras. Pero ahora tenía veintiocho años y absoluto dominio sobre su cuerpo. Nunca había lamentado los kilos que había ganado, tan favorecedores a sus curvas femeninas y necesarios para la musculatura atlética de la que tan orgullosa se sentía.

Fue entonces cuando oyó el llanto de un bebé. Procedía de una ventana, del bloque de apartamentos que había a su izquierda. A pesar del ejercicio, tan reconfortante, el alma se le cayó a los pies.

Recordó al bebé de Rose. El dulce y mofletudo David...

Mel siguió corriendo. Pero su cabeza se pobló de imágenes.

Rose, indefensa, con su cabello pelirrojo y su sonrisa amable. Aun a pesar del carácter reservado de Mel, esta no había podido rechazar su amistad.

Rose trabajaba como camarera en un

pequeño restaurante italiano, a dos bloques de la oficina de Mel. No tardaron en trabar conversación, aunque era Rose la que llevaba todo el peso de su charla sobre unos espaguetis o una lasaña.

Mel admiraba la eficacia con que su amiga manejaba las bandejas, aun cuando su embarazo amenazaba con hacerle estallar el delantal. Y recordaba oírle decir lo feliz que estaban ella y su marido Stan por el que sería su primer bebé.

Hasta la habían invitado a una fiesta para celebrar el embarazo. Y aunque había supuesto que se sentiría incómoda en una reunión así, había disfrutado con la ropita y los peluches que los habían regalado sus amigos al feliz matrimonio. Hasta le había tomado cariño a Stan, con su mirada tímida y su lenta sonrisa.

Al nacer David, ocho meses atrás, había ido a verlo al hospital. Allí, frente al cristal de la guardería donde los bebés dormían, reían y lloraban, había comprendido por qué la gente rezaba y se sacrificaba por tener niños.

Eran perfectos. Perfectamente adorables.

Se había marchado alegre por Rose y Stan... más sola de lo que jamás se había sentido.

Luego, poco a poco, se había acostumbrado a dejarse caer por la casa de sus amigos, con algún juguete para David. Por supuesto, era una excusa para jugar con él una hora. Se había encariñado del pequeño y había presenciado con admiración la aparición de su primer dientecito de leche, sus primeros gateos.

Hasta que, hacía sólo dos meses, al sonar el teléfono...

–No está, no está, no está –había repetido Rose, histérica, entre sollozos.

Mel había recorrido el kilómetro entre su oficina y la casa de los Merrick en tiempo récord. La policía ya había llegado. Stan y Rose estaban hundidos en un sofá, como dos almas perdidas en un océano de lágrimas, inconsolables.

David había desaparecido. Lo habían raptado mientras dormía en la cuna a la sombra de un árbol, justo frente a la entrada a la casa de Rose.

Habían pasado dos meses y la cuna seguía vacía.

Todo lo que Mel había aprendido, toda su formación y lo que su instinto le había enseñado, no había servido para recuperar a David.

Ahora Rose quería intentar algo nuevo; algo tan absurdo que Mel se habría echado a reír, de no advertir el brillo afilado y decidido de los ojos de su amiga. Le daba igual lo que Stan decía, lo que la policía decía, lo que Mel decía. Rose estaba dispuesta a lo que fuera para recuperar a su hijo.

Aunque fuese recurrir a un parapsicólogo.

Mel miró de reojo a su amiga, como intentando por última vez hacerla entrar en razón:

–Rose...

–No insistas, Mel. Stan tampoco está de acuerdo y no ha conseguido disuadirme –replicó la madre con firmeza. Sólo tenía veintitrés años, pero se sentía tan vieja como el mar que las rodeaba. Tan vieja como el mar, y tan dura como las rocas de los acantilados–. Sé que estás preocupada por mí, y que abuso pidiéndote que me acompañes...

–No abusas, de verdad. Yo sólo...

–Sí –atajó Rose, cuyos ojos, tan risueños y festivos antaño, llevaban la sombra de la pena y un temor abrumador–. Sé que te parece una tontería, y puede que hasta te resulte ofensivo, teniendo en cuenta que estás haciendo todo lo posible por encontrar a David. Pero tengo que intentarlo. Tengo que intentarlo todo.

Mel guardó silencio un segundo y la avergonzó darse cuenta de que, en efecto, se sentía ofendida. Ella era una profesional y ahí estaba, sin embargo, acompañando a su amiga a que viese a un brujo.

Pero no era su hijo. Ella no era la que tenía que enfrentarse a la cuna vacía día tras día.

—Vamos a encontrarlo, Rose —le aseguró Mel a su amiga—. Te lo juro.

En vez de responder, Rose miró hacia los acantilados. Si no encontraban a

David, y pronto, no le costaría nada saltar de una de esas rocas y olvidarse del mundo.

Sabía que se acercaban. No tenía nada que ver con sus poderes. Había respondido a la llamada estremecida y suplicante de la mujer. Y todavía se arrepentía de haberlo hecho. ¿Para eso había pedido que su número no apareciese en la guía telefónica?, ¿para eso había comprado un contestador automático, por si alguien investigaba lo suficiente como para descubrir su número?

Pero había respondido a la llamada. Porque había sentido que debía. El caso era que sabía que iban a verlo y se había preparado para negarse a lo que quiera que le pidiesen.

Además, estaba cansado. Acababa de volver a casa después de tres semanas agotadoras, ayudando a la policía de Chicago a localizar a un cruel asesino.

Y había visto cosas que esperaba no volver a ver jamás.

Sebastian se quedó parado frente a la

ventana, mirando hacia una vasta extensión de césped, hacia las rocas de los acantilados, hacia el mar, al fondo.

Le gustaba el paisaje, el peligro de la caída, el murmullo del agua, hasta la carretera estrecha y serpeante que ponía a prueba el empeño de quien quisiera ir a visitarlo.

Sobre todo, le gustaba la distancia. Distancia que le permitía aislarse de los intrusos, ya no sólo de los que allanaban su casa, sino también sus pensamientos.

Sin embargo, alguien estaba dispuesto a cubrir dicha distancia. ¿Para qué?

La noche anterior había soñado que estaba frente a la ventana y frente a una mujer a la que había deseado con ardor.

Pero se había sentido tan cansado, que no había reunido la fuerza suficiente para concentrarse. Y la imagen de la mujer se había desvanecido.

Lo que, por el momento, le parecía perfecto.

Porque lo que de veras quería era dormir, pasar unos días con sus caballos e incordiar un poco a sus queridas primas.

Echaba de menos a su familia. Hacía

mucho que no iba a Irlanda a ver a sus padres y a sus tíos y tías. Sus primas estaban más cerca, a unos pocos kilómetros, y aunque las había visto hacía unas semanas, tenía la sensación de que habían pasado años.

Morgana estaba engordando con la ñiña que gestaba en su interior . No, con los niños, se corrigió sonriente. ¿Sabría ella que iba a tener la parejita completa?

Sí, quería ver a sus primas. Ya. Hasta le apetecía pasar un rato con su cuñado, aunque sabía que estaba muy ocupado con su siguiente película. Quería subirse a su bicicleta y rodearse de la familia. Y, por encima de todo, quería evitar a las dos mujeres que se acercaban a él, suplicantes y desesperadas.

Pero no las esquivaría.

Él no era un hombre egoísta; bien al contrario, era consciente de las responsabilidades que implicaba poseer su poder.

Aunque tampoco podía decir que sí a todo el mundo. De hacerlo, se volvería loco. Había veces que decía que sí y luego se quedaba bloqueado. Secretos del destino. Y había veces que quería decir que no, sin comprender por qué. Y otras en las que lo que quería debía subordinarse a lo que debía hacer.

De nuevo, secretos del destino.

Y tenía miedo, mucho miedo, de que esa fuera una de esas ocasiones en que su voluntad no importara lo más mínimo.

Oyó el coche subiendo por la colina hasta aquel reducto solitario y apartado donde vivía. Y suspiró. Estaban allí. Cuanto antes se deshiciera de ellas, mejor.

Era un hombre alto, de pelo negro, estrecho de caderas y ancho de hombros. Su rostro adoptó una expresión educada pero distante. Salió hacia las escaleras, bajó, acariciando la barandilla con una mano y apretando en la otra una amatista.

Cuando Mel y Rose se apearon del coche, Sebastian ya estaba en el porche de aquel edificio excéntrico al que él llamaba casa.

Sebastian miró a Mel, abrió los ojos y,

frunciendo el ceño levemente, deslizó la vista hacia Rose:

—¿Señora Merrick?

—Sí, señor Donovan —saludó Rose con la voz quebrada—. Es usted muy amable por recibirnos.

—No me dé las gracias demasiado pronto —Sebastian introdujo los pulgares en los bolsillos de los vaqueros y examinó a Rose, la cual llevaba un vestido azul claro. Parecía haber perdido peso recientemente. Y se había maquillado un poco, aunque la sombra de sus ojos anulaba cualquier atisbo de coquetería.

La otra mujer no se había molestado en arreglarse, lo cual la hacía aun más intrigante. Al igual que Sebastian, llevaba unos vaqueros gastados y unas botas viejas. La camiseta debía de haber sido rojo brillante tiempo atrás, pero había perdido intensidad tras muchos lavados.

No se había acicalado ni lucía ninguna joya. A juzgar por la expresión de su rostro, iba con mala predisposición.

—Señor Donovan, no lo entretendré mucho tiempo —arrancó Rose—. Sólo necesito...

—¿Nos va a dejar pasar? —interrumpió Mel, mirándolo con cara de pocos amigos—. ¿O vamos a quedarnos...?

De pronto se quedó sin palabras. Estupefacta.

Sus ojos... Sólo podía pensar en los ojos de Sebastian, con tal intensidad, que este oyó el eco de sus pensamientos en la cabeza.

No, era ridículo, se dijo Mel. Sólo había sido un sueño, nada más. Un sueño estúpido que estaba mezclando con la realidad. Lo que pasaba era que, simplemente, tenía unos ojos preciosos... y perturbadores.

Sebastian la miró con curiosidad: era una mujer atractiva, de ojos verdes y cabello corto. Sí, era una mujer atractiva, aunque diera la impresión de que se había cortado el pelo con unas tijeras de podar.

—Por favor —dijo él, instándolas a que entraran—. Adelante.

Luego subió las escaleras y, una vez en el salón, las invitó a tomar asiento.

Mel examinó las paredes, pintadas en tonos cálidos y pasteles. Había un enorme sofá azul y varias esculturas de mármol, distribuidas de tal modo que, a pesar de la amplitud de la pieza, esta resultaba acogedora.

Aquí y allá brillaban bolitas de cristal, cuyos destellos captaron la atención de Mel. Por fin, al notar que Sebastian la estaba observando, se sentó. Pero no en el sofá, sino en una silla pegada a una mesita para el café.

—¿Quiere un café, señora Merrick?, ¿algo frío?

—No, gracias. No se moleste —rehusó Rose con amabilidad—. He leído sobre usted, señor Donovan. Y mi vecina, la señora Ott, dijo que le fue de mucha ayuda a la policía el año pasado, cuando aquel chico que se fugó de casa...

—Joe Cougar —especificó Sebastian, al tiempo que se sentaba junto a ella—. Sí, se le ocurrió acercarse a San Francisco, a ver qué tal le iba. Supongo que a los jóvenes les gusta el riesgo.

—Pero al menos tenía quince años. No... no digo que sus padres no se asustaran, pero tenía quince años —repitió

Rose—. Mi David sólo es un bebé. Estaba en la cuna, frente a la puerta de mi casa... Sólo me separé un minuto, cuando sonó el teléfono. Sólo fue un minuto...

—Rose —a pesar de que no quería acercarse a Sebastian, Mel se levantó para sentarse junto a su amiga—. No ha sido culpa tuya — trató de confortarla.

—Señora Merrick, Rose. ¿Eras una mala madre? —preguntó Sebastian sin rodeos. En seguida vio la cara espantada de la madre... y la mirada basilisca de Mel.

—No, no. Adoro a mi niño. Yo sólo quería lo mejor para él. Sólo...

—Entonces no te hagas esto — Sebastian le agarró una mano y el contacto resultó tan delicado y confortante que a Rose se le pasaron las ganas de llorar—. No te eches la culpa. Hacerlo no te va a ayudar a encontrar a David.

La furia de Mel se disipó al instante. Sebastian había dicho lo correcto y del modo más adecuado.

—¿Me va a ayudar? —murmuró Rose—. La policía lo está intentando. Y

Mel... Mel está haciendo todo lo que puede. Pero David sigue sin aparecer.

Mel, un nombre corto para una mujer alta, rubia y esbelta, pensó Sebastian.

—Lo vamos a encontrar —aseguró ella, poniéndose en pie, agitada—. Tenemos pistas y...

—¿Tenemos? —interrumpió Sebastian—. ¿Pertenece a la policía, señora...?

—Sutherland. Soy detective —espetó Mel—. ¿No debería saber este tipo de cosas?

—Mel... —protestó Rose por la insolencia de su amiga.

—Está bien —dijo Sebastian—. Puedo mirar en tu interior o puedo preguntar. Creo que es más educado preguntar, teniendo en cuenta que apenas te conozco, ¿no te parece?

—Sí —gruñó Mel, sentándose de nuevo sobre la silla.

—Tu amiga es muy escéptica —comentó Sebastian. Comenzó a ponerse escudos para excusarse y decirle a Rose que no podía ayudarla.

—Escéptica no; pero no me gusta que

un charlatán se haga pasar por buen samaritano —lo atacó Mel—. Lo de los parapsicólogos es un invento. Un timo para aprovecharse de las personas desesperadas.

—¿Ah, sí?

—Está en juego la vida de un niño, y no pienso permitir que nos vengas con tus truquitos para que aparezca tu nombre en los periódicos. Lo siento, Rose —dijo Mel, levantándose de nuevo—. Me preocupas demasiado como para dejar que este tipo te estafe.

—Es mi bebé. Tengo que saber dónde está —dijo la madre, otra vez con los ojos arrasados de lágrimas—. Tengo que saber si está bien. Si está asustado o contento. Ni siquiera tiene su osito de peluche. Ni siquiera tiene su osito —repitió desolada.

—Perdón, cariño, perdón —se disculpó Mel, maldiciendo por dentro su genio—. Sé lo asustada que estás. Yo también estoy asustada. Si quieres que el señor Donovan... nos ayude, nos ayudará. ¿Verdad? —añadió, mirándolo desafiante.

—Sí —accedió Sebastian, inerme ante los designios del destino—. Os ayudaré.

—Es de David —dijo Rose entonces, tras sacar un osito de peluche amarillo. Luego le enseñó una fotografía del bebé—. Y este es él... La señora Ott dijo que podría necesitar algún objeto suyo.

—Viene bien —Sebastian agarró el osito y notó en su corazón todo el dolor de Rose. No debía dejarse afectar—. Estaré en contacto. Le doy mi palabra de que haré lo que pueda.

—No sé cómo agradecérselo. El mero hecho de saber que lo está intentando... bueno, me da un poco más de esperanza —dijo Rose mientras se ponía de pie—. Stan y yo tenemos algo de dinero ahorrado.

—Ya hablaremos de eso más adelante.

—Rose, espérame en el coche —terció Mel con más calma de la que sentía—. Voy a compartir la información que tengo con el señor Donovan. Por si le es útil.

—De acuerdo —convino Rose, al tiempo que esbozaba una débil sonrisa—. Gracias.

—¿Cuánto crees que le vas a sacar con toda esta farsa? —disparó Mel nada más haberse marchado su amiga—. Es camarera. Y su marido es mecánico.

—Señorita Sutherland, ¿le parece que necesito dinero? —replicó Sebastian.

—No, le sale por las orejas, ¿verdad? Para usted sólo es un juego.

—No es ningún juego —repuso él, agarrándola con fuerza por un brazo—. Lo que tengo, lo que soy, no es ningún juego. Y secuestrar a un bebé tampoco es un juego.

—No quiero que sufra más —dijo Mel, sorprendida por la violencia de Sebastian.

—En eso estamos de acuerdo. Si tan mal concepto tenía de mí, ¿por qué la ha traído?

—Porque es mi amiga. Porque me lo ha pedido.

Sebastian se dio por satisfecho. Al igual que su desconfianza, notaba que la lealtad era una de las cualidades de Mel.

—¿Cómo ha conseguido mi teléfono?

—Es mi trabajo —espetó Mel, casi con desprecio.

—¿Y se le da bien?

—Mucho.

—Perfecto. Porque yo también soy bueno en el mío y vamos a trabajar juntos.

—¿Qué le hace pensar que...?

—Que quiere ayudar a su amiga. Y si hay una oportunidad, por pequeña que sea, de que yo pueda aportar algo, no querrá arriesgarse a desaprovecharla.

Mel sintió el calor que irradiaba de los dedos que la estaban atenazando. Se asustó incluso, no por su integridad física, sino por algo más profundo. Tenía miedo porque nunca había sentido nada parecido.

—Yo trabajo sola.

—Y yo también. Pero esta vez haremos una excepción —Sebastian le rozó un segundo la nariz y añadió—: me pondré en contacto contigo dentro de poco, Mary Ellen.

Disfrutó viendo la cara de asombro de Mel, la cual trató de recordar si Rose había usado su nombre completo. Pero no estaba segura.

—No me haga perder el tiempo,

Donovan. Y no me llame así —luego se dio media vuelta y fue hacia su coche. Puede que no fuese parapsicóloga, pero estaba convencida de que él estaba sonriendo.

Dos

Sebastian se quedó en el porche incluso después de que el coche gris de sus visitantes hubiera desaparecido. Permaneció parado, irritado y divertido al mismo tiempo por la actitud de Mel.

«Tiene carácter», pensó. «Una mujer así agotaría a un hombre tranquilo». Y Sebastian se consideraba un hombre tranquilo. Y aunque normalmente no le importaba provocar a las personas tan temperamentales, en ese momento, sin embargo, estaba demasiado cansado para disfrutar con ello. Y estaba enfadado consigo mismo por haber accedido a colaborar. Entre la esperanza desesperada de Rose y el escepticismo insolente de Mel lo habían atrapado. Habría manejado a las dos por separado; pero la combinación de ambas lo había derrotado.

De modo que miraría. Aunque se había prometido descansar antes de involucrarse en un nuevo caso, miraría. Y rezaría por que lo que viera no fuese espantoso.

De todos modos, se iba a tomar la mañana libre. Se dirigió al establo que había junto a su casa y en seguida oyó el saludo de un semental negro y una yegua blanca. Eran tan elegantes que parecían dos piezas de ajedrez, una de ébano y la otra de alabastro.

Podían saltar la valla. Los dos lo habían hecho en más de una ocasión, con Sebastian a sus lomos. Pero había un acuerdo tácito entre ellos. Los caballos sabían que la valla no era una prisión, sino un hogar.

—¡Qué guapa eres! —le dijo a la yegua mientras le acariciaba el cuello—. ¿Mantienes a tu semental en forma, Psyche?

La yegua resopló y sus ojos brillaron alegres. Sebastian sorteó la valla y le acarició los flancos y su vientre embarazado. Casi podía sentir la vida que dormía en sus entrañas. Y de nuevo se acordó de Morgana, a la que igual no le agradaría demasiado que la comparasen con un animal, por más elegante que fuese.

Luego se giró hacia el semental, para dedicarle la atención que había sido imposible durante las semanas en que había estado fuera.

—Y tú, Eros, ¿has sido atento con tu dama? —al oír su nombre, el caballo soltó un relincho orgulloso, que provocó una risotada de Sebastian—. Me has echado de menos, reconócelo —añadió, todavía sonriente.

Luego lo ensilló y, satisfaciendo el deseo de ambos, se dispuso a montar un rato. Psyche los observó mientras saltaban la valla, con una mirada indulgente, como la de una madre que vigila a sus hijos pequeños.

Se sentía mejor. El vacío con el que había vuelto de Chicago empezaba a llenarse poco a poco. Pero aún evitaba el osito de peluche, abandonado sobre el sofá. Y todavía tenía que mirar la fotografía.

Se sentó en la mesa de la biblioteca y echó un vistazo a unos papeles. Sebastian era propietario o accionista mayoritario de unos cuantos negocios. Para él era una forma de entretenerse: inmobiliaria, empresas de importación y exportación, revistas y, su última adquisición, un equipo de béisbol en Nebraska.

Era lo bastante inteligente como para sacar beneficios muy generosos, lo bastante listo como para delegar en expertos las cuestiones del día a día, y lo bastante caprichoso como para comprar y vender a su antojo.

Le gustaba lo que el dinero podía proporcionarle, pero, dado que nunca le había faltado, no se obsesionaba con buscar la máxima rentabilidad. Los ingresos y las salidas de sus cuadernos contables constituían, simplemente, una fuente inagotable de entretenimiento.

Era desprendido con las casas de

beneficencia, pues creía en sus causas. Y no donaba para presumir, sino por principios morales.

Pasó varias horas, hasta ponerse el sol, trabajando, leyendo y practicando un nuevo hechizo, que esperaba perfeccionar. La magia era la especialidad de su prima Morgana. Sebastian nunca podría igualarla en ese terreno, pero su talante competitivo lo impulsaba a esforzarse.

Sí, sabía provocar un fuego y levitar, pero esos eran trucos elementales. Aparte de eso, sin embargo, no tenía aptitudes como mago. Su don era ver, profetizar.

Del mismo modo que a un actor brillante le gustaría saber bailar y cantar, a Sebastian lo fascinaba la magia.

Después de dos horas sin obtener los resultados apetecidos, desistió resignado. Se preparó la cena, puso unas baladas irlandesas en la cadena de música y descorchó una botella de vino de unos doscientos dólares con las misma naturalidad que muchos abren una lata de cerveza.

Luego se dio un baño caliente en el jacuzzi y cerró los ojos mientras el agua burbujeaba a su alrededor. Salió, se puso un pijama de seda y observó la puesta de sol, hasta que la noche cubrió el horizonte por completo.

No podía retrasarlo más. Bajó del dormitorio hacia el salón y encendió los candelabros. Olía a sándalo y a vainilla, fragancias que le recordaban a la habitación de su madre en el castillo de los Donovan.

Permaneció quieto más de un minuto, de pie junto al sofá. Suspiró como un minero con un pico y miró la fotografía de David Merrick.

Tenía una cara alegre, que habría hecho sonreír a Sebastian, si no hubiera estado este tan concentrado. Repitió mentalmente unas palabras secretas y, cuando estuvo seguro, apartó la fotografía y agarró el osito de peluche.

—De acuerdo, David. Déjame que vea...

De pronto, el color de sus ojos cambió: de gris humo a pizarra y de pizarra al color de una nube tormentosa. Miraba sin pestañear, más allá de las paredes, más allá de la noche.

Imágenes e imágenes. Se formaban y fundían en su cerebro como la cera. Sujetaba con delicadeza el osito, pero su cuerpo se había quedado más rígido que una piedra. Seguía respirando con normalidad, aunque poco a poco se debilitaba, como si estuviera sumiéndose en un profundo sueño.

Tuvo que traspasar el dolor y el miedo que envolvían al osito. Sin perder la concentración, tuvo que dejar de lado las lágrimas de Rose y la imagen del padre, sujetándola para darle fuerzas.

Eran emociones muy fuertes, pero la más poderosa de todas, como siempre, era la del amor.

Hasta esta pasó a un segundo plano cuando por fin logró ver con los ojos de David: Rose asomaba la cara sobre la cuna, sonriente. Luego aparecía un hombre joven, de manos callosas, que también miraba con amor. El amor de un padre, intenso igualmente, pero distinto al de una madre.

Después vio los llantos nocturnos del

bebé, que sólo se tranquilizaba cuando sus padres lo mecían en brazos. Vio el hambre saciada por la leche que mamaba de los pechos de su madre. Vio el placer de descubrir los colores, los sonidos, la calidez del sol.

Y vio una cara más, también amorosa. La cara de Mary Ellen mientras jugaba con el bebé, riéndose, jugando con él y acunándolo con cuidado entre los brazos.

Luego desaparecía como un retrato pintado con tiza bajo un día de lluvia.

Ahora estaba durmiendo, tranquilo, mientras el sol le acariciaba la mejilla como si se tratase de un sueño. Paz absoluta.

Y, de pronto, enojo. Vio al bebé llorando, una mano que le tapaba la boca para ahogar el llanto. Manos extrañas, un olor extraño. Miedo. Vio una cara... Sebastian intentó grabar la imagen en la memoria, para más adelante.

Se lo llevaban, lo habían metido en un coche. El coche olía a comida, a café derramado, a sudor.

Sebastian lo vio todo, lo sintió todo,

hasta que el miedo acabó agotando al bebé y este se quedó dormido.

Pero lo había visto. Y sabía por dónde empezar.

Morgana abrió la tienda a las diez en punto. Luna, su gran gata blanca, se coló entre los pies de ella y se aposentó en el centro de la sala. Consciente del ajetreo que solía haber en verano, Morgana fue a comprobar si tenía cambio en la caja.

Se estaba poniendo enorme. Y la encantaba. La encantaba la sensación de llevar una vida. La vida que había creado con Nash.

Recordaba cómo este le había dado un beso en el vientre esa misma mañana y la cara de asombro con que se había retirado:

—¡Guau, un pie! —había exclamado Nash, sonriente—. Casi puedo contarle los dedos.

La puerta de la tienda tintineó de improviso y despertó a Morgana de su ensimismamiento.

—¡Sebastian!, ¡has vuelto! —exclamó Morgana entusiasmada al ver a su primo.

—Hace un par de días —respondió él. Le agarró las manos, las besó sonoramente y miró a Morgana con detenimiento—. ¡Vaya, estamos enormes!

—¿Verdad que sí? —dijo ella, feliz, acariciándose con cariño el vientre.

El embarazo no le había restado atractivo. En todo caso, lo había reforzado. Como solía decirse de las novias y las madres encinta, estaba radiante. El pelo, largo y negro, le caía por la espalda sobre un vestido rojo que dejaba al descubierto unas piernas excelentes.

—No hace falta que te pregunte si estás bien —comentó Sebastian—. Salta a la vista.

—Entonces te preguntaré yo. He oído que has ayudado a la policía de Chicago —dijo Morgana sonriente—. ¿Ha sido difícil?

—Sí, pero hemos hecho un buen trabajo —repuso él. Antes de que pudiera añadir nada, tres clientes entraron y empezaron a curiosear—. No estarás sola en la tienda, ¿verdad?

—No, Mindy me ayuda. Llegará en seguida.

—Mindy está aquí —anunció esta, lanzando una sonrisa coqueta a Sebastian—. Hola, guapetón.

—Hola, reina.

En vez de marcharse de la tienda o irse a la parte trasera, como acostumbraba cuando llegaban clientes, Sebastian se entretuvo jugueteando con las bolitas de cristal, las hierbas y los candelabros.

—¿Buscas un poco de magia? —le preguntó Morgana en cuanto pudo reunirse con él de nuevo.

—Yo no necesito ayudas para ver —repuso Sebastian sin soltar una bola de cristal que había agarrado.

—¿Problemas con algún hechizo? —insistió ella, provocándolo.

Aunque la bola lo atraía, la dejó donde la había encontrado. Se negaba a darle esa satisfacción a Morgana.

—Esos asuntos los dejo para ti —repuso Sebastian.

—Venga, anda, te la regalo —dijo su prima—. Nada como una bola de obsidiana para desbloquear esas malas vibraciones —añadió. Conocía muy bien a Sebastian y notaba que estaba preocupado.

—Supongo que, teniendo una tienda, estarás al tanto de la gente que vive por el centro —dijo él, de nuevo jugueteando con la bola.

—Más o menos. ¿Por qué?

—¿Qué sabes de Investigaciones Sutherland?

—¿Sutherland? —Morgana se quedó pensativa—. Me suena. ¿No es una agencia de detectives?

—Eso parece.

—Creo que... Mindy, ¿tu novio no tenía algo que ver con Investigaciones Sutherland?

—¿Qué novio? —preguntó la dependiente mientras cerraba una venta.

—El que tiene pinta de intelectual. Que trabaja en seguros.

—¡Ah, Gary! —exclamó Mindy tras despedirse del cliente—. Ya no salimos. Era demasiado posesivo. Sutherland colabora a menudo con la empresa de seguros de Gary. Dice que la dueña es muy buena.

—¿Dueña? —Morgana miró a su primo con una sonrisa pícara—. Ya entiendo.

—Pues no entiendas tanto —Sebastian arrugó la nariz—. Me he comprometido a ayudar a alguien y Sutherland está en medio.

—Ya. ¿Es guapa?

—No —respondió él con total sinceridad.

—Fea, entonces.

—No, es... distinta.

—Mejor que mejor. ¿En qué la estás ayudando?

—En un secuestro —repuso Sebastian con seriedad—. Un bebé.

—Oh —Morgana se cubrió el vientre en un gesto instintivo—. Lo siento. El bebé... ¿sabes si...?

—Está vivo. Y bien.

—Gracias a Dios —Morgana cerró los ojos aliviada—. ¿Es el bebé que desapareció de su cuna hace un par de meses?

—Exacto.

—Lo encontrarás, Sebastian —dijo Morgana con convicción—. Lo encontrarás pronto.

—Eso espero —contestó él.

Casualmente, Mel estaba preparando una factura para Seguros Cooper. Solía recibir un fijo mensual, pero debía pasarles unos gastos adicionales pertenecientes a las investigaciones de los últimos meses. También tenía un moretón en el hombro izquierdo, por un puñetazo que le había pegado un hombre que había alegado estar muy enfermo y al que, sin embargo, había podido fotografiarlo cambiando una rueda del coche.

Rueda que había desinflado ella con suma discreción.

Moretones aparte, había sido una buena semana de trabajo.

Pero no podía quitarse a David de la cabeza. Sabía que estar involucrado personalmente era perjudicial para llevar a cabo una investigación y, desde luego, su experiencia estaba confirmando la regla.

Había preguntado a todos los vecinos de Rose y, al igual que la Policía, había obtenido tres descripciones muy diferentes de un coche que había estado aparcado cerca de la casa de su amiga. Y otras cuatro descripciones, también dispares, de un tipo sospechoso.

El término sonaba tanto a novela negra que la hizo sonreír. Había descubierto que la vida del detective era mucho más aburrida que en los libros. Porque tenía que realizar muchísimos papeleos, estar en un coche durante horas, esperando a que ocurriese algo, hacer un montón de llamadas para hablar con gente que no quería hablar o, peor aún, con gente que hablaba demasiado y no tenía nada que decir.

Pero a Mel la encantaba su profesión. Sin embargo, ¿de qué le servía tener talento como detective si no era capaz de ayudar a una amiga? No había tenido muchos amigos en su vida como Rose y Stan, los cuales siempre habían sido afectuosos con ella y le habían permitido compartir a David.

Estaba dispuesta a meterse en un edificio en llamas si con ello pudiera recuperar al pequeño.

Después de despachar la factura, agarró una carpeta que llevaba dos meses sobre su pupitre. Tenía una etiqueta en la que podía leerse David Merrick y muy poquita información hasta el momento.

Contenía sus datos personales, las huellas dactilares, el grupo sanguíneo y, como marca característica, el hoyuelo de su moflete izquierdo.

Lo que los informes no decían era lo dulce que era la sonrisa de David. No describían el sonido adorable de su risa ni cómo le brillaban los ojos cuando lo levantabas por encima de la cabeza para jugar al avión.

Mel se sentía vacía, triste y asustada, pero sabía que sus emociones no eran comparables con las de Rose. Abrió la carpeta y vio la foto de David. Se la habían hecho una semana antes de que lo secuestraran. Estaba sonriendo y sujetaba el osito de peluche amarillo que ella le había regalado el día que había llegado a casa, nada más salir del hospital.

—Vamos a encontrarte —musitó Mel—. Te juro que vamos a encontrarte.

Se vio obligada a apartar la foto, pues, de lo contrario, no habría podido comportarse como la profesional que era. Emocionarse no le iba a servir de nada, como también era inútil haber solicitado los servicios de un parapsicólogo.

¡Aquel hombre la irritaba!, ¡la expresión de su rostro la hacía tener ganas de plantarle un puñetazo!

Y esa voz suave, con un ligero deje irlandés, la sacaba de quicio. Sonaba con tanta superioridad... Salvo cuando se había dirigido a Rose, recordó Mel. Entonces había sido amable, delicada y muy paciente.

Para engatusarla, se dijo la detective mientras se levantaba para sacar un refresco de una nevera que había a la entrada del despacho. Para engatusarla y sacarle el dinero. Ese hombre no tenía derecho a darle esperanzas.

Sí, estaba segura de que encontrarían a David, pero gracias al trabajo meticuloso de la policía. No por un profeta farsante, forrado de dinero.

Justo entonces, el profeta farsante apareció por la puerta.

Mel no dijo nada, se limitó a llevarse el refresco a los labios mientras le lanzaba dardos con la mirada. Sebastian cerró la puerta del despacho y miró en derredor vagamente.

Los había visto peores. Claro que también los había visto mejores. El pupitre era gris, sin estilo, funcional; dos estanterías metálicas cubrían una pared a la que le hacía falta una manita de pintura; había dos sillas, de distinto tapizado, frente a una mesa llena de revistas antiguas y marcas de cigarros.

En otra pared había una preciosa acuarela de la bahía de Monterrey. Inexplicablemente, el despacho olía como un prado primaveral.

—¿Quería algo, señor Donovan?, ¿o sólo ha venido a mirar? —preguntó Mel con descortesía.

—¿Tiene otro refresco de esos? —repuso Sebastian, sonriente. Mel le entregó una lata de mala gana mientras él la miraba de arriba abajo, desde las botas y los vaqueros desgastados, hasta aquella barbilla desafiante y sus recelosos ojos verdes—. Desde luego, estás de lo más atractiva esta mañana, Mary Ellen.

—No me llame así —espetó esta con firmeza.

—¿Por qué? Es un nombre muy bonito —Sebastian la miró a los ojos—. Aunque Mel va más contigo, es más moderno.

—¿Qué es lo que quiere, Donovan?

—Encontrar a David Merrick —repuso él con seriedad.

Casi se deja engañar. Casi. Había parecido tan sincero y honrado, que había estado a punto de creérselo.

—Ahora estamos solos, así que corta el rollo —dijo Mel, poniendo fin definitivamente a los formalismos—. Aquí no pintas nada. Accedí a que Rose te visitara porque no pude convencerla de lo contrario, pero conozco a los de tu especie. Puede que seas demasiado astuto como para hacerte pasar por un estafador de poca monta. Ya sabes, uno de esos que promete dinero, poder y sexo a cambio de veinte dólares. Supongo que conseguirás a tus clientes merodeando lugares donde se ha cometido algún delito. Y quizá hasta des en el clavo una vez cada veinte casos. Mejor para ti. Pero no pienso dejar que te aproveches de la infelicidad de Rose y Stan.

Sólo estaba medianamente enfadado, se dijo Sebastian, a pesar de que estaba apretando la lata de refresco como si fuera el cuello de Mel.

—Parece que me ha descubierto, ¿no, señorita Sutherland?

—Por supuesto —repuso Mel con arrogancia—. Así que no perdamos el tiempo. Si crees que te debemos algo por haber escuchado a Rose el otro día, yo te pagaré, ¿de acuerdo?

Se quedó callado unos segundos. Pensó que jamás había tenido ganas de estrangular a una mujer. Excepción hecha de su prima Morgana, eso sí.

—Te equivocas conmigo —contestó él con aspereza. Luego levantó unos cuantos papeles que había sobre el pupitre de Mel, agarró un lápiz y un folio en blanco.

—¿Qué haces? —preguntó Mel mientras Sebastian se hacía un hueco en la mesa.

—Un dibujo. Parece que eres de las que necesita este tipo de apoyos.

Mel frunció el ceño. Más aún cuando vio los trazos sencillos pero acertados de Sebastian. Siempre había envidiado a las personas con facilidad para dibujar.

Aunque procuraba simular que no estaba interesada, no pudo evitar acercarse al ver la cara que Sebastian iba configurando. Se fijó también en la amatista púrpura de este, la cual destellaba en su dedo meñique con un brillo casi hipnótico.

—Este es el hombre que se llevó a David —aseguró él cuando hubo finalizado el retrato.

Quiso desoír la afirmación de Sebastian, pero debía reconocer que el boceto se parecía mucho a uno de los cuatro que le había facilitado la Policía. Lo sacó de la carpeta de David y comparó ambos dibujos en silencio.

El de Sebastian era más detallado. Los testigos no habían mencionado aquella pequeña marca con forma de C bajo el ojo izquierdo, ni el diente roto de la fila superior. Pero, en esencia, se trataba del mismo hombre: la forma de la cara, la expresión de los ojos y el pelo revuelto y con entradas se repetían en ambos retratos.

O sea, que tenía algún contacto dentro de la policía, dedujo Mel, tratando de calmarse. Había conseguido una copia de los bocetos y había adornado ese un poco.

—¿Por qué este? —preguntó ella mientras tomaba asiento.

—Porque es el hombre al que vi. Conducía un Mercury marrón, del ochenta y tres o el ochenta y cuatro. Interior beige. Le gusta la música *country*. Al menos, es lo que escuchaba mientras se llevaba al bebé. Hacia el Este —especificó Sebastian—. Al Sudeste, más concretamente.

Uno de los testigos había hablado de un coche marrón. Claro que también podía haberse enterado de ese detalle gracias a su contacto con la policía, se recordó Mel.

Pero si de veras tenía poderes como parapsicólogo... por pequeña que fuese la probabilidad...

—Una cara y un coche —trató de parecer desinteresada, pero un ligero temblor de la voz la traicionó—. Del nombre y la matrícula nada, ¿verdad?

—Eres dura de roer —comentó Sebastian. No le habría costado ser grosero con ella, pero notaba que su preocupación por el caso era auténtica.

—La vida de un bebé está en juego —replicó Mel.

—Está a salvo —dijo él. Cerró los ojos para concentrarse más—. A salvo y bien atendido. Un poco confuso, y llora más de lo que acostumbra. Pero no le han hecho daño.

Deseaba creerlo. Aunque no fuera mucho, por el momento se conformaba con creer que David estaba bien.

—No le digas nada a Rose —le ordenó ella—. La volverías loca.

—El hombre que se lo llevó tenía miedo. Podía olerse. Se lo dio a una mujer... al Este —prosiguió Sebastian sin hacer caso a Mel—. Esta lo vistió con una camisa de rayas rojas. El bebé estaba en el asiento trasero de un coche y tenía unas llaves de plástico para jugar. Condujeron durante casi todo el día y pararon en un motel con un dinosaurio en la entrada. Le dio de comer, lo bañó y, cuando se puso a llorar, lo meció en brazos hasta que el niño se durmió.

—¿Dónde? —preguntó Mel.

—En Utah —Sebastian frunció el ceño un poco—. Puede que en Arizona, pero creo que en Utah. Al día siguiente condujeron dirección Sudeste. Ella no tiene miedo. Para ella es un negocio... Van a una alameda, en algún lugar de Texas, al Este. Hay mucha gente. Se sienta en un banco. Un hombre se sienta al lado, deja un sobre en el banco y mete a David en un carrito... La misma rutina al día siguiente. David está cansado de viajar y extrañado por todas las caras desconocidas. Quiere volver con papá y mamá. Lo llevan a una casa grande, de piedra, con árboles poblados de hojas en el jardín. Al Sur. Parece Georgia. Se lo dan a una mujer que lo abraza y llora un poco. Un hombre abraza a los dos. Hay una habitación con barcos de vela azules en la pared y un móvil sobre la cuna. Lo llaman Eric.

—No te creo —dijo Mel cuando logró hablar.

—Lo sé, pero una parte de ti se pregunta si deberías hacerlo. Olvida lo que piensas de mí, Mel. Piensa en David.

—¡Estoy pensando en David! —replicó ella, poniéndose de pie como un resorte—. Dame un nombre. Venga, dame un maldito nombre.

—¿Crees que funciona así? —repuso Sebastian—. Esto es un don, no un concurso de preguntas y respuestas. Escúchame: he estado tres semanas en Chicago viendo imágenes en mi cabeza de un monstruo que se dedicaba a cortar a las personas en rebanadas. He acabado exhausto, pero lo hemos encontrado y ya no puede hacer daño a nadie más. Si no trabajo lo bastante rápido para agradarte, mala suerte —añadió con agresividad.

Mel dio un paso atrás. No porque tuviese miedo de aquel arranque temperamental, sino porque había visto algo en su cara: los vestigios del horror que había tenido que soportar Sebastian.

—Está bien —Mel respiró profundo—. No creo en parapsicólogos, magos ni cosas por el estilo.

—Deberías conocer a mi familia —

comentó él, sin poder evitar sonreír.

—Pero utilizaré cualquier medio posible para recuperar a David — prosiguió Mel—. Tengo una cara. Empezaré por ahí.

—Empezaremos por ahí —corrigió Sebastian.

Antes de que ella pudiera contestar, el teléfono sonó.

—Investigaciones Sutherland. Sí, soy Mel. ¿Cómo te va, Rico?

Sebastian la miró mientras atendía la llamada con una sonrisa en los labios. ¡Qué guapa era!, admitió a su pesar.

—Tranquilo, pequeño, puedes confiar en mí —prosiguió ella mientras tomaba notas en un cuadernillo—. Venga, venga, que ye me sé la historia: nunca me has visto y no sabes nada de mí. Te dejo el dinero en O´Riley... Bueno, tengo que trabajar —le dijo a Sebastian después de haber colgado.

—Te acompaño —propuso este impulsivamente.

—Amigo, esto no es para aficionados. No necesito cargar contigo.

—Vamos a trabajar juntos —insistió

Sebastian—. No te preocupes por mí. Sabré cuidarme solito. Sólo quiero verte en acción.

—¿Quieres acción? —replicó ella—. Muy bien, listillo. Pues espera que me cambie —añadió justo antes de meterse en la habitación contigua.

Tres

¡Y vaya si se había cambiado! La mujer que había entrado en la habitación con una discreta falda larga no tenía nada que ver con la que había salido diez minutos después.

Aquellas piernas eran todo un poema. Y también se había hecho algo en la cara. Sus ojos parecían más grandes, había definido el contorno de sus labios y se había arreglado el pelo, con un estilo descuidado y premeditado, con el que parecía que acababa de levantarse de la cama.

Dos pendientes dorados le colgaban de las orejas y llevaba un top negro ceñidísimo bajo el que no había nada de nada.

¡SEXO! La palabra resonó en su cabeza en letras mayúsculas. Esa mujer ofrecía sexo salvaje y desinhibidamente.

—¿Dónde diablos vas vestida así? —preguntó Sebastian, forzándose por apartar la mirada de aquellas piernas—. Pareces una...

—Lo sé —se adelantó Mel con una sonrisa picante—. Funciona de maravilla. A la mayoría de los hombres les da igual que seas guapa o que no, con tal de que enseñes bastante y el resto lo cubras con algo ajustado.

—¿Por qué vas vestida así? —insistió él, sin molestarse en replicar aquella observación sexista.

—Gajes del oficio, Donovan —contestó Mel mientras se echaba un bolso al hombro—. Si vas a venir conmigo, ¡en marcha! Te informaré de camino.

Sebastian la siguió al coche a todo correr, más expectante que excitado, a pesar de que al montarse Mel, la falda se le subió un centímetro más todavía.

Después de que él se sentara, Mel arrancó a toda velocidad mientras lo ponía al corriente de la situación: una oleada de robos estaba afectando a las tiendas de televisores y vídeos desde hacía mes y medio. Muchas de las víctimas estaban cubiertas por Seguros Cooper. La Policía tenía alguna pista, pero ninguna muy fiable. Y dado que ninguno de los robos había supuesto pérdidas superiores a unos cientos de dólares, el caso no estaba entre sus prioridades.

—A Cooper no le gusta pagar a sus asegurados —comentó Mel mientras pasaba por un semáforo en ámbar—. Así que me ha encargado que investigue el caso, por si acaso, simplemente.

—El coche necesita una puesta a punto —observó Sebastian tras oír un ruido del motor.

—Sí, bueno, el caso es que he estado investigando y resulta que hay un par de tipos que se dedican a vender televisores y esas cosas en una furgoneta.

—¿Cómo lo has descubierto?

—Indagando, Donovan. Y andando mucho.

—Ya me lo imagino —contestó Sebastian, con la vista clavada en aquellos muslos tan bronceados.

—Y tengo un soplón. Ha tenido un par de encuentros desagradables con la policía, pero yo le caigo bien. Porque voy por libre, supongo.

—Sí, claro. Seguramente por eso —dijo él tras carraspear.

—Tiene contactos, sabe moverse entre los delincuentes —continuó Mel—. Al fin y al cabo, lo han detenido un par de veces por robo y allanamiento de morada.

—Tienes unos amigos estupendos.

—Es una buena vida —repuso ella, sonriente—. Él me pasa información y yo le paso unos billetes. Lo cual ayuda a que salte menos cerrojos. Suele parar por el puerto. Al parecer, anoche estaba en un bar que hay por ahí y se hizo amigo de un tipo que ya andaba borrachillo. Cuando los dos estaban achispados, se le escapó que acababa de afanar un cargamento de aparatos electrónicos. Y como eran los más colegas del mundo, llevó a mi soplón a un almacén que había detrás del bar. ¿Y qué había dentro?

—Aparatos electrónicos con precios de oferta.

—Bingo —Mel rió.

—¿Y por qué no has llamado a la poli simplemente?

—Porque voy a detenerlos yo —afirmó sonriente.

—Pero ellos no colaborarán demasiado. Lo sabes, ¿verdad? —replicó Sebastian, en alusión a los ladrones.

—Tranquilo, Donovan —dijo Mel con un brillo ardiente en los ojos—. Yo te protegeré. Y, ahora, esto es lo que quiero que hagas.

Cuando aparcaron frente al bar minutos más tarde, Sebastian estaba al corriente del plan. No le gustaba, pero estaba al corriente. Era un bar de aspecto sórdido, sin ventanas, pintado de un verde horripilante. Apenas eran las doce del mediodía, pero había casi una docena de coches en las inmediaciones.

—Procura parecer menos...

—¿Humano? —sugirió él mientras Mel guardaba las llaves del coche en el bolso.

—Menos altivo —corrigió esta, aunque el adjetivo que había pensado en un principio era elegante—. Y haz el favor de no pedir vino blanco.

—Está bien, me contendré.

—Limítate a seguirme el juego y todo irá bien.

El olor del bar lo agredió no bien abrió Mel la puerta: humo concentrado, cerveza barata, falta de ventilación... Los altavoces emitían un ruido extraño y, aunque Sebastian sospechaba que alguien debía de considerarlo música, esperaba no tener que soportarlo mucho tiempo.

Los hombres, con brazos gigantes, tatuados con pésimo gusto, se acodaban sobre la barra. Las calaveras y las serpientes eran los motivos que más se repetían en los bíceps. Algunos miraron a Sebastian con desdén, y a Mel con algo más de aprecio.

No le costó captar los pensamientos de aquellos gorilas. Se sonrió. Nunca había caído en la cantidad de maneras que existían de describir a... una dama.

La dama en cuestión se arrimó a la barra y ocupó uno de los taburetes.

—Lo menos que puedes hacer es invitarme a una cerveza —dijo Mel, poniendo cara de puchero.

—Ya te he dicho que no ha sido culpa mía —repuso Sebastian, de acuerdo con su papel.

—Ya, claro. Tú nunca tienes la culpa. Te meten en el trullo y no es culpa tuya. Pierdes cien talegos al póker con tus apestosos amigos y no es culpa tuya. ¡Una cerveza! —le pidió al barman, al tiempo que cruzaba las piernas.

Sebastian señaló que otra para él y se sentó en el taburete de al lado.

—Ya te he dicho que el madero ese me tenía manía. ¿Por qué no dejas de darme la vara?

—Por supuesto —dijo Mel mientras les servían las cervezas. Cuando Sebastian se echó mano al bolsillo para pagar, cayó en que su cartera valía más que todo el dinero en efectivo que debían de tener los dueños del bar. Por no hablar de que estaría llena de billetes y tarjetas de crédito—. ¿Otra vez sin blanca? Eres un perdedor, Harry —añadió ella al ver que Sebastian retiraba la mano del bolsillo.

—Esta vez voy a ganar. Intuyo que viene una racha positiva.

—Fijo. Seguro que te forras —repuso Mel con sarcasmo. Luego le dio la espalda y examinó a los clientes del bar.

Tenía la descripción que Rico le había proporcionado, razón por la cual no le costó ni un minuto identificar a Eddie. Eddie era un tipo muy enrollado, de acuerdo con el amigo que se había echado Rico. Era el hombre que se encargaba del transporte y la venta de mercancía y, según Rico, sentía debilidad por las mujeres.

Mel movió una pierna al compás de la música y se aseguró de captar la atención de Eddie. Sonrió y este le devolvió la sonrisa.

Sebastian se dio media vuelta y se encontró con que Eddie era un hombre calvo, muy musculoso, con una camiseta sin mangas.

—Escucha, cariño —dijo Sebastian, al tiempo que ponía una mano encima del hombro izquierdo de Mel.

—Estoy harta de excusas, Harry. Así que no me vengas con cuentos. No tienes un duro, pierdes el mío. Ni siquiera puedes juntar cincuenta dólares para reparar la tele.

—La ves demasiado, de todos modos.

—Genial —repuso enojada, mirándolo a la cara—. Me mato a currar atendiendo mesas casi toda la noche y tú me das la paliza con que me gusta sentarme y ver un poco la tele.

—Cuesta cincuenta pavos arreglarla.

—Pues tú acabas de perder el doble en esa maldita apuesta. Y parte de ese dinero era mío.

—Deja de agobiar —contestó Sebastian, cada vez más metido en el papel—. No sabes hacer otra cosa más que quejarte y llorar —añadió, al tiempo que se ponía de pie.

Mel lo miró a la cara y vio algo en sus ojos que le secó la garganta.

—No tengo por qué aguantarte —prosiguió Sebastian, dándole un ligero empujón—. Si no te gusta cómo están las cosas, agarra la puerta y lárgate.

—¡No me toques! —amenazó Mel con voz temblorosa—. Te juro que te la ganas como vuelvas a pegarme.

—Sal fuera de una maldita vez, Crystal —Sebastian la empujó hacia la salida, pero se encontró frente al pecho sudoroso de Eddie.

—La señorita ha dicho que no la toques.

—Métete en tus cosas —contestó Sebastian mientras Mel seguía refunfuñando.

Eddie le dio un empujón y lo sentó en el taburete.

—¿Quieres que me lo lleve afuera y le ajuste las cuentas? —le preguntó a Mel, sonriente.

Esta batió las pestañas y fingió considerar tal ofrecimiento.

—No, no merece la pena —respondió Mel al cabo—. Eres un encanto. Ya casi no quedan caballeros en el mundo —agregó, rozándole un brazo con cautela.

—¿Por qué no te sientas en mi mesa? —Eddie le rodeó la cintura con un brazo que tenía más diámetro que tres troncos juntos—. Invito yo.

—¡Qué amable!

Mel se marchó con Eddie. Por su parte, Sebastian fingió seguirlos, pero otro hombre lo detuvo. Captó la advertencia y se quedó sentado frente a su cerveza.

Llevaba hora y media esperando. Ni siquiera podía pedir otra cerveza sin descubrir su tapadera y el barman lo estaba mirando de mala manera.

Ya estaba cansado. Su idea de diversión no tenía nada que ver con sentarse en un bar apestoso y ver a un gorila ligando con la mujer con la que él había entrado. Aunque no estuviera involucrado sentimentalmente con ella. Y, pensó Sebastian, aunque ella sonriera cada vez que aquel tipo le acariciaba una pierna.

Se tendría más que merecido si se largaba en un taxi y la dejaba tirada.

Por su parte, Mel pensaba que todo iba sobre ruedas. El señor Eddie, tal como lo llamaba para orgullo de este, cada vez estaba más borracho y hablaba con más ligereza. Sabía que a los hombres los encantaba presumir delante de una mujer.

De hecho, Eddie le estaba diciendo

que acababa de ganar bastante dinero y que quizá le gustaría a ella ayudarlo a gastarse un poco.

Al ver que se estaba ablandando, Mel se inventó una historia lacrimógena. Llevaba con Harry seis meses y él se gastaba todo el dinero sin dejar que se divirtiera nunca. Ella no pedía mucho. Sólo un par de vestidos y unas risas. Y ahora las cosas estaban fatal, porque la tele se había roto. Había estado ahorrando para comprarse un vídeo y poder grabar películas y de pronto se le había fastidiado la tele. Para colmo, Harry se había fundido sus ahorros jugando a las cartas y ni siquiera tenían dinero para arreglarla.

—Me encanta ver la tele —insistió Mel mientras Eddie seguía bebiendo—. Por la tarde ponen unas series geniales. Luego me cambian el turno en el curro y pierdo el hilo. Nunca me entero de qué pasa y... ¿sabes? Lo que más me gustan son las escenas de sexo. Me ponen tan caliente —añadió en tono confidencial, inclinándose para que sus pechos rozaran el antebrazo de Eddie.

—Supongo que no es muy divertido

ver algo así tú solita —comentó este, emocionado.

—Es más divertido acompañada —convino Mel, mirándolo con coquetería—. Si tuviera una tele que funcionase, estaría bien. Me gusta durante el día. Mientras todos trabajan o hacen la compra y tú estás... en la cama.

—Ahora es de día.

—Pero no tengo tele —contestó Mel, la cual se echó a reír como si acabara de contar un chiste graciosísimo.

—Quizá pueda ayudarte, pequeña.

—¿De verdad? —preguntó ella, haciéndose la ingenua—. No, no puedo permitir que me prestes cincuenta pavos. No estaría bien.

—¿Para qué quieres tirar dinero en un trasto viejo cuando puedes conseguir uno nuevo?

—Sí, y un anillo de diamantes, no te digo.

—En lo del anillo no puedo ayudarte, pero si quieres un televisor...

—¿Cómo? —preguntó Mel, colocando una mano sobre la rodilla más cercana de Eddie.

—Resulta que estoy en el negocio —contestó este, inflando el pecho.

—¿Vendes televisiones? —Mel pestañeó fascinada—. Te estás quedando conmigo.

—No, pero me gustaría quedarme un rato... a solas.

—Es usted muy travieso, señor Eddie —Mel rio, suspiró y dio un sorbo a su cerveza—. Ojalá no estés tomándome el pelo. Si pudieras conseguirme una tele, estaría muy agradecida.

—¿Cómo de agradecida?

Mel sonrió, acercó la boca al oído de Eddie y susurró algo que habría estremecido a Sebastian.

—Vamos, cielo —dijo el gorila, casi sin aliento, tras terminarse su séptima cerveza de un trago—. Tengo que enseñarte algo.

Mel lo siguió sin molestarse en mirar hacia Sebastian. Deseó con todo su corazón que lo que Eddie quería enseñarle fuese de veras un televisor.

—¿Adónde vamos? —preguntó mientras este la llevaba a la parte trasera del bar.

—A mi despacho, muñeca —Eddie le guiñó un ojo—. Mis socios y yo tenemos un pequeño negocio ahí detrás.

Atravesaron un camino cubierto de basura y botellas, en dirección a un edificio. Llamó tres veces a la puerta y un hombre calvo de unos veinte años abrió la puerta.

—¿Qué quieres, Eddie?

—La señorita necesita una tele —Eddie rodeó a Mel por los hombros—. Crystal, cariño, este es Bobby.

—Encantado —dijo este, asintiendo con la cabeza—. Eddie, no creo que sea buena idea. Frank se va a poner furioso.

—Tengo tanto derecho como Frank —repuso Eddie, bravucón.

Entraron. Mel suspiró aliviada al ver más de una docena de televisores apilados, junto a varios reproductores de discos compactos, vídeos y cadenas de música. También había ordenadores, contestadores automáticos y un microondas.

—¡Guau! —exclamó Mel.

—Vamos, echa un vistazo —dijo Eddie, pavoneándose—. Aquí no vendemos nada. Esto sólo es el almacén.

Mel fue hacia los televisores, deslizando las manos sobre las pantallas.

—A Frank no le va a gustar nada — susurró Bobby.

—Si no se entera, no tiene por qué no gustarle, ¿de acuerdo? — contestó Eddie, sobornando a Bobby con un billete de cien dólares.

—Por supuesto. Pero traer a una chica aquí...

—No pasa nada. Tiene unas piernas increíbles, pero poco cerebro. Voy a darle una tele y luego me divertiré un rato —tranquilizó Eddie a su socio—. ¿Te gusta alguna, muñeca? —añadió, uniéndose a Mel.

—Son geniales. ¿De verdad puedo quedarme una?, ¿así sin más?

—Seguro —Eddie le dio un pellizco—. Tenemos un seguro por robo. Le digo a Bobby que dé el parte a la empresa y listo.

—¿En serio? —Mel se movió lo suficiente como para poder meter la mano en el bolso—. Eso es estupendo, Eddie. Pero creo que voy a ser yo la que dé el parte —añadió, sacando una pistola.

—¡Un poli! —exclamó Bobby—. ¡Maldita sea, Eddie!, ¡es un poli!

—¡Alto! —gritó Mel al ver que Bobby iba hacia la puerta—. Siéntate, en el suelo, encima de las manos.

—¡Puta! —la insultó Eddie—. Debería haber olido que eras de la pasma.

—Soy detective —lo informó—. Y ahora acompáñame afuera —agregó, apuntándolo con la pistola.

—A mí no me detiene ninguna mujer, con pistola o sin ella —repuso él, abalanzándose sobre Mel.

No quería dispararle. Sólo era un ladronzuelo y no se merecía un balazo. De modo que confió en su agilidad y en la ebriedad del gorila... y esquivó el golpe.

Eddie estrelló el puño contra la pantalla de un televisor. Luego se cayó al suelo.

De pronto, Mel oyó un ruido a su espalda, se giró y vio a Sebastian, que había inmovilizado a Bobby tras arrebatarle el martillo con el que iba a golpearla a ella.

—¿Por qué no me dijiste que llevabas una pistola? —le reprochó Sebastian, mientras tiraba a Bobby contra el suelo.

—Creí que no hacía falta. Se supone que eres parapsicólogo.

—Quédate con el martillo —dijo él.

—Bonito botín, ¿has visto? —le preguntó Mel a Sebastian—. ¿Por qué no llamas a la policía mientras yo vigilo a estos dos?

—De acuerdo.

Estaba seguro de que era demasiado esperar pedir que Mel le diese las gracias por haberla salvado del martillazo, de modo que se limitó a marcharse cerrando de un portazo.

Una hora más tarde, Mel le comentaba los detalles del caso a un inspector de aspecto desaseado.

Haverman, recordó Sebastian. Se había cruzado con él en un par de ocasiones. Luego se olvidó del policía y se centró en Mel.

Se había quitado los pendientes y la mayoría del maquillaje. Los labios y las mejillas sin pintar contrastaban con los ojos, de enormes pestañas voluminosas.

¿Guapa? ¡Demonios, era preciosa! Bien mirada, desde el ángulo correcto, era absolutamente preciosa. Aunque si se giraba un poco ya sólo era atractiva, lo cual tenía su encanto, pensó Sebastian.

Pero eso daba igual. Estaba enojado con ella por haberlo arrastrado a una situación peligrosa. Era cierto que se había ofrecido voluntario, pero las reglas las había puesto Mel y no le habían gustado.

Se había ido sola a aquel almacén con un delincuente. Y le había ocultado que llevaba una pistola. ¿Qué habría ocurrido si aquel borracho seboso se la hubiera quitado?

—Mira, tú tienes tus fuentes y yo tengo las mías —le decía Mel a Haverman—. Conseguí una pista y la seguí, así de sencillo —añadió encogiéndose de hombros.

—Quiero saber quién te ha dado el soplo, Sutherland —exigió él. Después de todo, era policía. Y lo repateaba que se hubiera adelantado un detective o, peor aún, una detective.

—Pero no tengo por qué decírtelo —replicó Mel, sonriente—. Sin embargo, ya que somos colegas... Fue él —añadió, señalando a Sebastian con un dedo.

—Sutherland... —arrancó este.

—Vamos, Donovan, ¿qué más te da? —atajó Mel—. Es el teniente Haverman.

—Nos conocemos.

—Sí —dijo Haverman, desinflado. Mujeres detective y parapsicólogos. Estupendo—. Creía que tu fuerte no era localizar televisores.

—Una visión es una visión —colaboró Sebastian.

—¿Y por qué te has puesto en contacto con ella? Tú siempre llamas a la policía.

—Ya —Sebastian miró de reojo a Mel—. Pero me gustan más las piernas de ella.

Mel, que estaba sentada sobre la capota del coche, soltó una risotada que casi la hizo caerse al suelo. Haverman refunfuñó un par de minutos más y después se marchó. Al fin y al cabo, tenía a dos sospechosos y el caso de los televisores robados prácticamente resuelto.

—Buen golpe —celebró Mel, dándole a Sebastian un puñetazo cariñoso en un hombre—. No me lo esperaba de ti.

—Hay muchas cosas de mí que te sorprenderían —replicó él.

—Sí, claro —aceptó Mel—. El teniente no es mal tipo. Lo que pasa es que no le gustan los detectives y piensa que las mujeres deberían estar todas cocinando... Lo has hecho bien, Harry —lo felicitó, contenta por lo bien que había salido el plan.

—Gracias, Crystal —aceptó Sebastian, siguiéndole el juego—. Pero la próxima vez me gustaría que me informaras de todo el plan antes de empezar.

—No creo que haya una próxima vez por el momento. Pero esta nos hemos divertido.

—Has disfrutado de verdad, ¿no? Disfrazándote de prostituta, tomándote un par de cervezas en el bar...

—Tengo derecho a pasármelo bien —dijo Mel, sonriente.

—¿Y también te ha divertido que casi te hayan abierto la cabeza de un martillazo?

—Casi, esa es la clave —Mel le dio un golpecito cariñoso en un brazo—. Vamos, Donovan, relájate. Ya te he dicho que lo has hecho bien.

—¿Debo entender que esta es tu forma de darme las gracias por no tener rota esa cabeza tan dura que tienes?

—Podía haberme ocupado yo sola de Bobby, pero me alegra que me hayas echado una mano: ¿está bien así?

—No —denegó Sebastian, colocando los brazos en jarras—. No está bien. Si esto es una muestra de cómo trabajas, tú y yo vamos a tener que sentar un par de reglas.

—Ya tengo reglas. Mis reglas —contestó Mel, mirándolo a los ojos, grises como el humo de una buena hoguera por la noche—. Y no seas paliza.

«Paliza, la que tú tienes», pensó él, mirándola a la cara. Estaba deseando agarrarle esa barbilla desafiante y... O mejor, podía olvidarse de la barbilla y ocuparse directamente de esa boca tan bonita.

La bajó de la capota de un movimiento tan veloz, que Mel no tuvo tiempo de poner en práctica ninguna de las maniobras de defensa personal que conocía.

—¿Se puede saber qué estás...?

La boca de Sebastian ahogó las protestas de Mel, la cual no se separó ni giró el cuerpo para tratar de zafarse. Y tampoco subió la rodilla como Sebastian se merecía. Simplemente, se quedó quieta, de pie, dejándose besar.

Lamentaba que Mel lo hubiese obligado a rebasar sus propios límites. Forzar a las mujeres no formaba parte de las actividades habituales de Sebastian. Y lamentaba infinito haber descubierto lo dulces que eran los labios de Mel, en claro contraste con el carácter avinagrado de esta.

Su boca sabía a miel, densa, exquisita, de la que lo hacía lamerse los dedos cuando era pequeño.

Cuando Mel abrió los labios, introdujo la lengua sin vacilar. Quería más.

Se dio cuenta de que Sebastian seguía sujetándola con fuerza. Podía notar sus dedos, apretándole la nuca. La acercó más, de modo que sus cuerpos proyectaran una única gran sombra sobre el suelo. Mel se abandonó al placer, le rodeó el cuello con los brazos y participó activamente en el beso.

Sebastian cambió el ángulo de la cabeza, le mordisqueó los labios y casi gimió de satisfacción. Mel notaba los latidos de su corazón en la cabeza, retumbándole en los oídos como un tren que acelera por un túnel.

En cualquier momento saldría del túnel, vería la luz y...

—¡Oye!

Sebastian apenas registró el grito. Sin embargo, intuyó que alguien se acercaba a ellos. Podría haber asesinado a aquel intruso impertinente que se acercaba con la cara cubierta por una gorra de los Dodgers.

—¡Largo! —le ordenó Sebastian, irritado.

—Tranquilo, sólo quiero saber por qué está el bar cerrado —replicó el hombre.

—Se han quedado sin vodka —contestó Sebastian, el cual lamentó que Mel se estuviese despegando de él.

—Yo sólo quería una cerveza —

murmuró el hincha de los Dodgers, para darse media vuelta a continuación.

Mel se había cruzado de brazos y se agarraba los codos como si tuviese frío.

—Mary Ellen... susurró Sebastian.

—No me llames así.

Le temblaban los labios. Quiso llevarse la mano a la boca para ocultarlo, pero no se atrevió. El corazón le latía en la garganta a toda velocidad. ¡Dios!, ¡se había tirado en brazos de él y había permitido que la besara y la tocase!

Y aunque ya no la estaba tocando, la miraba como si tuviese ganas. —¿Por qué has hecho eso? —preguntó Mel por fin.

—No tengo ni idea —respondió Sebastian, el cual tuvo que realizar un esfuerzo sobrehumano para no mirar los pensamientos de Mel y compararlos con los suyos.

—Pues cuidado con lo que haces —advirtió esta, sorprendida porque la respuesta de Sebastian le hubiera dolido. ¿Qué esperaba?, ¿que respondiese que no había podido resistirse?, ¿que se había dejado arrastrar por la pasión?—.

Una cosa es que me manoseen durante el trabajo, si me disfrazo de prostituta, y otra es que me pongan la mano encima cuando estoy fuera de servicio. ¿Está claro?

—Clarísimo —contestó Sebastian—. Manos fuera.

—Muy bien —dijo Mel, la cual había decidido no sacar las cosas de quicio. Sólo había sido un beso y no había significado nada para ninguno de los dos—. Tenemos que volver. He de hacer unas llamadas —añadió mientras buscaba las llaves en el bolso.

Sebastian dio un paso al frente y ella miró hacia arriba, como un cervatillo que ha olido a un lobo.

—Sólo iba a abrirte la puerta —aseguró él, contento, en cualquier caso, por la reacción de Mel.

—Gracias —dijo esta. Luego entró y cerró la puerta ella sola—. Sube, Donovan. Tengo que ir a un par de sitios.

—Una pregunta: ¿tú comes?

—Sobre todo cuando tengo hambre. ¿Por qué?

—Teniendo en cuenta que lo único que he tomado en todo el día son unos cacahuetes que me ha puesto el del bar, estaba pensando en picar algo —respondió Sebastian—. ¿Por qué no paras en algún sitio? Te compro una hamburguesa.

—Me apetece una hamburguesa —concedió Mel tras considerar la oferta—. Pero pagamos a medias.

—Lo que tú digas, Sutherland —aceptó Sebastian mientras se ponía el cinturón de seguridad.

Cuatro

Se pasó casi toda la mañana de puerta a puerta por el vecindario de Rose con el retrato de Sebastian en la mano. Por la tarde, el balance consistía en tres identificaciones positivas, cuatro ofertas para tomar un café y una proposición indecente.

Una de las identificaciones positivas también había corroborado la descripción del coche de Sebastian. Lo cual la dejaba con una sensación muy extraña.

Siguió investigando, en cualquier caso. Mel tenía el presentimiento de que la señora O'dell, del apartamento 317, sabía más de lo que decía.

Llamó a su puerta por segunda vez, al

tiempo que se limpiaba los zapatos en el felpudo de la entrada. Podía oír la voz de un niño y los aplausos de un concurso de la televisión.

Cuando la puerta se abrió, sólo unos centímetros, Mel se encontró frente a un chiquillo con la cara manchada de chocolate.

—Hola, ¿está tu mamá en casa?

—No me deja hablar con extraños.

—Bien hecho. ¿Puedes decirle que salga un momento?

El niño se quedó pensativo.

—Si tuviera una pistola, podría dispararte.

—Entonces he tenido suerte —Mel se agachó hasta ponerse a la altura del chico—. Bizcocho de chocolate, ¿verdad? ¿Te has manchado lamiendo la cuchara con la que lo ha preparado tu mamá?

—Sí —respondió el niño, mirándola con más interés—. ¿Cómo lo has sabido?

—Elemental, querido bizcochero. La mancha de chocolate es reciente y falta poco para la hora de la comida, así que no creo que tu mamá te haya dado un trozo.

—¿Y si lo he tomado sin que ella se dé cuenta? —repuso el chico, alzando la barbilla.

—Sería de tontos no eliminar las pruebas del delito, ¿no?

—¡Billy!, ¿no te he dicho que no abrieras la puerta a nadie? — interrumpió la madre de pronto—. ¿Qué hace aquí otra vez? Ya le he dicho todo lo que sabía —añadió, dirigiéndose a Mel.

—Ha sido de gran ayuda, señora O'dell. La culpa es mía, de verdad. Sólo intento poner las cosas en orden —repuso Mel mientras se colaba en la casa—. Lamento molestarla de nuevo; sobre todo, con lo amable que ha sido antes.

Casi se atragantó con la mentira. La señora O'dell había sido seca y desagradable.

—Ya he mirado su dibujo —dijo esta. Había agarrado a su hijo con una mano y en la otra sujetaba a una niña de unos pocos meses—. No sé nada más.

—Lo sé. Y estoy segura de que es muy molesto que la interrumpa tanto —

se disculpó Mel—. Pero las ventanas de su salón dan justo a donde se supone que aparcó el secuestrador.

La señora O'dell dejó a la pequeña en el suelo y esta se fue gateando hacia el televisor.

—¿Y?

—Bueno, no he podido evitar ver lo limpios que están sus cristales. Son los más limpios del edificio.

—Me gusta cuidar mi casa —respondió la mujer, halagada—. No me importa que haya un poco de desorden. Con dos críos, es imposible evitarlo. Pero no soporto la suciedad... Billy, no dejes que la niña se lleve esos soldados a la boca. Déjale tu camión —añadió tras mirar de reojo, con el radar típico de las madres.

—Decía que no soporta la suciedad —le recordó Mel al notar que la señora O'dell se había perdido.

—Exacto. Y con el polvo que levantan los coches, tengo que estar limpiando todo el rato.

—Sí, debe de ser muy duro mantener la casa así y criar a dos niños a la vez.

—No todos piensan lo mismo. Para

algunos, si no llevas un maletín y vas a un despacho todos los días no estás trabajando.

—Yo siempre he dicho que sacar adelante una familia es el trabajo más importante. Por ejemplo, ¿cada cuánto tiempo tiene que limpiar los cristales?

—Una vez al mes, sin falta.

—Seguro que tiene una buena vista de la calle.

—No me dedico a espiar a mis vecinos.

—Por supuesto. Pero puede darse cuenta de algunas cosas, por casualidad.

—Ciega no soy —repuso la señora O'dell—. Vi al hombre que andaba merodeando. Ya se lo dije.

—Sí. Estaba pensando... Si estaba usted limpiando los cristales, supongo que le llevaría una hora más o menos.

—Tres cuartos.

—Entiendo. ¿Y no le pareció raro que ese hombre estuviese tanto tiempo sentado en su coche?

—Salió de él y dio una vuelta.

—¿Sí? —Mel se preguntó si debía sacar el cuaderno de notas, pero optó por hacer hablar a la señora O'dell y apuntarlo todo luego.

—Los dos días —añadió esta.

—¿Dos días?

—El día que limpié los cristales, y el día que quité las cortinas. No le di importancia. No me gusta meterme donde no me llaman.

—Seguro, seguro —«pero a mí sí me gusta cotillear», pensó Mel—. ¿Recuerda qué días lo vio?

—Limpié las ventanas el día uno, como todos los meses. Dos días después, noté que las cortinas estaban sucias y las quité para lavarlas. Lo vi por la calle entonces, andando por la acera.

—David Merrick fue secuestrado el cuatro de mayo.

—Lo sé, y ya le he dicho que me parte el corazón —contestó la señora O'dell, vigilando a sus hijos con la mirada—. No he dejado que Billy salga solo en todo el verano.

—No hace falta que conozcas a Rose Merrick para comprender el infierno que está pasando —Mel puso una mano sobre un brazo de la señora O'dell, para establecer un contacto de mujer a mujer—. Tú también eres madre —añadió, tuteándola para ganarse su confianza.

Le tocó la fibra. Mel lo advirtió por el modo en que los ojos de la señora O'dell se humedecieron.

—Ojalá pudiera ayudarte. Pero no vi nada más. Yo sólo quiero que el barrio sea seguro, que no tengamos miedo cuando nuestros hijos crucen una calle para ver a un amigo. No tendríamos que estar preocupados todos los días porque alguien sin escrúpulos pueda agarrar a tu hijo y llevárselo.

—Cierto. Rose y Stan Merrick no tendrían que estar preguntándose si volverán a ver a su hijo alguna vez. Pero lo cierto es que alguien se llevó a David. Alguien que había aparcado frente a tu ventana. Puede que no estuvieras prestando mucha atención, pero intenta hacer memoria. Quizá recuerdes el coche. ¿Era negro, rojo?

—Marrón —respondió la mujer.

—La matrícula sería de otro estado, supongo.

Después de pensárselo unos segundos, la señora O'dell denegó con la cabeza:

—No, ahora que lo pregunta, me fijé en que la matrícula era de aquí.

—Yo siempre jugaba con las letras de las matrículas cuando era pequeña —comentó Mel, entusiasmada—. Mi madre y yo viajábamos mucho e imaginábamos cómo serían las personas que conducían los coches que íbamos adelantando. Ya sabes cómo son los viajes con niños pequeños.

—Y tanto —dijo la señora O'dell.

—Jugaba a formar palabras con las letras de la matrícula —insistió Mel.

—Yo hago lo mismo con Billy.

—Quizá te quedaste con la matrícula, inconscientemente, ya sabes.

La señora O´Neill frunció el ceño, tratando de recordar, pero se rindió al cabo de un minuto.

—No, ya digo que estaba cambiando las cortinas, no perdiendo el tiempo con juegos de niños.

—¿Estás segura? A veces uno no presta atención, pero aun así...

—Lo siento, te aseguro que me gustaría ayudarte. Esa mujer y su marido lo tienen que estar pasando fatal. Pero tengo por costumbre ocuparme de mis cosas y de nada más. Tengo que seguir trabajando.

—Está bien —aceptó Mel—. Si recuerdas algo más, lo que sea, ¿harás el favor de llamarme? —añadió tras entregarle una tarjeta de Investigaciones Sutherland.

—Decía cate —irrumpió el niño.

—Billy, no interrumpas cuando la gente está hablando.

—¿Qué decía cate? —preguntó Mel.

—El coche: k, a, t, e. Cate.

—A ti sí que te van a catear en Lengua —suspiró la señora O'dell—. Cate se escribe con C, no con K.

—¿Viste la matrícula del coche? —le preguntó Mel al pequeño.

—Sí, cuando vine a casa del cole estaba ahí. Le tocaba traerme a la mamá de Freddy.

—Nos turnamos para recoger a los chicos —explicó la señora O'dell

—¿Estás seguro de que era el coche marrón? —insistió Mel.

—Sí, porque estuvo aparcado ahí enfrente toda la semana. A veces estaba en la otra acera. Cuando le tocó llevarnos a mamá, ya no estaba.

—¿Te acuerdas de los números, Billy?

—Los números no me gustan. Prefiero las letras —respondió él.

—Muchas gracias —dijo Mel, sonriente, dándole un beso en la cara, aún manchada de chocolate.

Le faltaba cantar de lo alegre que estaba. Tenía algo. Puede que sólo fuera la mitad de la matrícula, pero tenía algo. Después de entrar en el despacho, rebobinó el contestador automático y se puso a oír los mensajes grabados mientras se tomaba un refresco, satisfecha.

Había hecho un buen trabajo, se dijo. Así funcionaban las cosas. Perseverar no hacía daño a nadie. Y estaba segura de que la policía no había hablado con Billy.

Un buen trabajo, insistió. E instinto. Mel creía en el instinto... lo cual no tenía nada que ver con la parapsicología.

Pensó en Sebastian. Puede que hubiera tenido suerte con el retrato y lo del coche, pero quizá era lo que había imaginado al principio: que tenía algún contacto dentro de la policía.

No le iba a importar nada restregarle la información por las narices.

No es que fuera tan mal tipo, pensó con indulgencia. La noche anterior, había estado amable mientras se tomaban la hamburguesa. De hecho, hasta habían hablado. Sobre libros y películas, los tópicos habituales. Pero había parecido interesante. Cuando no se había dedicado a incordiarla, su voz había resultado hasta agradable, con ese suave acento irlandés.

Como suaves se habían posado sus labios sobre los de ella... Denegó con la cabeza, disgustada. Se negaba a pensar en eso. Ya la habían besado antes y no estaba en contra de tal práctica. Simplemente, prefería elegir ella el momento, en vez de que la sorprendiesen de ese modo.

No volvería a suceder, se prometió.

De hecho, tal como iban las cosas, no iba a seguir necesitando la ayuda y las profecías de Sebastian Donovan. Tenía un par de amigos en el Registro de Matriculación de Automóviles y en cuanto los llamara...

La voz de Sebastian en el contestador interrumpió sus pensamientos:

—Ah, Sutherland, es una lástima que no estés. Habrás salido a husmear, supongo —decía el mensaje—. He estado trabajando en el coche. Pensé que te interesaría saber que la rueda trasera de la izquierda está casi desinflada... lo cual puede ser un problema para nuestro hombre, dado que la de repuesto la tiene pinchada.

—¡Anda ya, Donovan! —murmuró Mel.

—Por cierto, la matrícula es de California: KAT 2544 E —seguía el mensaje. Mel se quedó boquiabierta—. Ponme al corriente de tus averiguaciones, ¿vale? Estaré en casa toda la tarde. Buena suerte, Mary Ellen.

—Hijo de... —imprecó Mel, justo antes de apagar el contestador.

No le gustaba. No le gustaba lo más

mínimo, pero subió al coche y fue por la carreterita destartalada que conducía a la casa de Sebastian. No se creía que este hubiera visto la matrícula, pero dado que coincidía con la información de Billy, se sentía obligada a hacer una comprobación.

Estaba dividida entre la alegría por lo que había avanzado y el enfado por tener que trabajar con él de nuevo. Sería profesional, se prometió Mel mientras aparcaba entre una Harley y una furgoneta último modelo.

Subió las escaleras y golpeó la puerta con el llamador, con forma de lobo aullando. Lo miró con curiosidad mientras esperaba. Al ver que no abrían, Mel miró por la ventana.

No vio a nadie, solo el salón, a un lado, y una enorme librería a otro. Si su conciencia se lo hubiera permitido, se habría dado media vuelta y se habría marchado a casa. Pero ella no era una cobarde, de modo que bajó las escaleras y buscó en los alrededores.

Lo divisó en un establo. Sebastian rodeaba íntimamente a una chica rubia y esbelta, con vaqueros ajustados. Estaban riéndose y sus risas tenían un tono tan íntimo como la relación de sus cuerpos.

Mel se convenció de que le importaba un pimiento que tuviese novia. Como si tenía un maldito harén de mujeres a su servicio.

Pero el hecho de que el día anterior la hubiera besado a ella y ahora estuviese pegado a otra mujer indicaba el tipo de hombre que Sebastian Donovan era.

Un gusano.

Con todo, se comportaría como la profesional que era. Metió las manos en los bolsillos y avanzó hacia la valla del establo.

—Hola, Donovan.

Los dos se giraron. Mel pudo ver que la mujer no sólo era rubia y esbelta, sino también muy guapa. Preciosa, de hecho. Tenía unos ojos grises que inspiraban una calma absoluta y la boca, suave y voluptuosa, se había curvado en una sonrisa.

Mel se sintió como una mendiga frente a una princesa deslumbrante. Vio que Sebastian le daba un beso a la mujer en la mejilla. Luego se acercó a ella.

—¿Cómo te va, Sutherland?

—Recibí tu mensaje.

—Ya me lo imaginaba. Ana, Mel Sutherland, una detective privada. Mel, te presento a mi prima, Anastasia Donovan.

—Encantada de conocerte —saludó esta, tendiéndole una mano a Mel—. Sebastian me ha hablado del caso en el que estás trabajando. Espero que encontréis a ese chico en seguida.

—Gracias —dijo Mel mientras le estrechaba la mano. Aquella mujer tenía algo relajante, en la voz, en la expresión del rostro, que disipó la mitad de su tensión—. Voy avanzando.

—Los padres tienen que estar desesperados.

—Tienen miedo, pero no se vienen abajo.

—Estoy segura de que los ayuda mucho que alguien que quiere tanto al bebé se esté ocupando del caso —comentó Anastasia. Deseó poder hacer algo para ayudar, pero, al igual que su primo, había aprendido que no siempre era posible—. Perdón, seguro que tenéis asuntos importantes que tratar —añadió.

—No quiero interrumpir —dijo Mel, mirando hacia Sebastian. Luego clavó los ojos en los caballos del fondo y el rostro se le iluminó— . Sólo será un momento —añadió por fin.

—No, tranquila. Yo ya me estaba yendo —aseguró Anastasia, saltando la valla con más gracilidad que un cisne—. ¿Te apuntas al cine mañana, Sebastian?

—¿A quién le toca elegir?

—A Morgana. Dijo que le apetecía algo de asesinatos.

—Muy bien —Sebastian se acercó a su prima y le dio un beso de despedida—. Gracias por la planta.

—Un placer. Y bienvenido a casa. Encantada, Mel.

—Igualmente —repuso esta. Luego se apartó el pelo de la cara y miró marcharse a Anastasia.

—¿Verdad que es preciosa? —dijo Sebastian—. Y es tan bella por dentro como por fuera.

—Parecéis muy íntimos, para ser primos, quiero decir.

—Sí, lo somos —contestó él, sonriente—. Ana, Morgana y yo pasamos juntos gran parte de nuestra infancia, aquí y en Irlanda. Y, por supuesto, cuando se tiene algo en común, algo que te diferencia de lo que se considera normal, uno tiende a unirse.

—¿Me vas a decir que ella también es parapsicóloga? —repuso Mel con una ceja enarcada.

—No. Ana tiene un talento diferente —Sebastian extendió una mano y le acarició el pelo a Mel—. Pero no has venido a hablar de mi familia, ¿verdad?

—No —Mel se movió lo suficiente para apartarse y pensó en el modo menos humillante de darle las gracias—. He comprobado lo de la matrícula. Ya había descubierto las letras cuando oí el mensaje.

—¿Sí?

—Me encontré con un testigo —explicó ella, sin especificar que se trataba de un niño de solo seis años—. El caso es que he llamado a un amigo del registro de vehículos y lo ha estado mirando.

—¿Y?

—Y el coche está a nombre de un tal James T. Parkland, de Jamesburg —Mel apoyó una bota sobre el listón inferior de la valla mientras una suave brisa le revolvía el pelo. Le gustaba el olor de los caballos. El mero hecho de verlos la relajaba—. Me acerqué allí, pero ya se había largado. La casera tenía ganas de hablar. Parece ser que nuestro querido Jimmy le había dejado dos meses a deber.

—¿Algún detalle interesante? —preguntó Sebastian.

—Dijo que no tenía mala pinta, pero que siempre llevaba los bolsillos de los pantalones por fuera. Le gusta perder el dinero apostando. Al parecer, se había endeudado y había empezado a recibir visitas —lo informó ella. La yegua se acercó a la valla y Mel la acarició en un gesto automático—. Hombres que rompen narices y llevan pistolas debajo de la chaqueta. Intentó pedirle un préstamo a la casera, pero ella le dijo que estaba sin blanca. Entonces lo oyó murmurar que sabía cómo acabar con eso de una vez por todas. Los últimos días que estuvo allí, parecía muy nervioso, agitado.

Hasta que desapareció. La última vez que lo vio fue una semana antes del secuestro de David.

—Una historia interesante.

—Supuse que te gustaría oírla.

—¿Cuál es el siguiente paso?

—Duele, pero he compartido mi información con la policía. Cuanta más gente busque a Parkland, mejor.

—Está muy lejos de Monterrey, pero no ha salido del país.

—Ya, supongo que estará...

—Yo no supongo —atajó Sebastian, mirándola a los ojos—. Lo sé. Va camino de Nueva Inglaterra.

—Mira, Donovan...

—Cuando registraste la habitación en la que se había alquilado, ¿notaste que el segundo cajón del armario tenía el pomo roto? — preguntó Sebastian. Lo había advertido, pero Mel no dijo nada—. Esto no es un juego. Quiero recuperar a ese bebé, y cuanto antes. Rose está perdiendo la esperanza. Una vez que la pierda del todo, podría tomar medidas drásticas.

—¿A qué te refieres? —el miedo atenazó el cuello de Mel como una mano estranguladora.

—Ya sabes a qué. Usa todas tus influencias. Encárgate de que la policía de Vermont y New Hampshire busque a Parkland. Ahora está conduciendo un Toyota rojo. La matrícula es la misma.

Le habría gustado no hacerle caso, pero ya no podía.

—Voy a ver a Rose.

—Ya he hablado yo con ella hace un par de horas. Estará tranquila durante un tiempo.

—Te dije que no quería que la pusieras al tanto de esta historia.

—Tú tienes tu forma de trabajar y yo la mía —Sebastian puso una mano en el hombro izquierdo de Mel—. Necesitaba un poco de esperanza, algo que la ayudara a soportar esta noche, cuando vaya a la cuna de David y vuelva a estar vacía.

—Está bien, quizá era lo más adecuado —reconoció ella—. Pero si es verdad que Parkland está en Nueva Inglaterra...

—No serás la primera en localizarlo —Sebastian sonrió—. Y eso te revienta, ¿verdad?

—No sabes cómo —confesó Mel—. Tengo un colega en Georgia —añadió tras un suspiro.

—Tienes muchos amigos, Sutherland.

—Me pasé veinte años dando vueltas por todo el país. En fin, el caso es que conozco a un abogado que me ha puesto en contacto con un detective en el que confía. Va a hacer algunas averiguaciones.

—¿Significa esto que aceptas el hecho de que David está en Georgia?

—Significa que no descarto nada. Si estuviese segura, iría yo misma.

—Cuando lo estés, y cuando vayas, te acompañaré.

—De acuerdo —dijo Mel. No le gustaba, pero debía reconocer que la investigación iba mucho mejor desde que Sebastian había aparecido—. Esta habilidad tuya, ¿es lo que se estudia en univeridades como la de Columbia?

—No, no exactamente —repuso él. No pudo evitar sonreír. Estaba claro que Mel tenía que pasarlo todo por el filtro de la lógica—. Tú te refieres a esa intuición añadida que la mayoría de la gente tiene, aunque no suela prestarle atención. Allí se dedican a desarrollarla y consiguen tener alguna premonición. Lo mío es más profundo y lo domino desde pequeño.

—Suena muy raro.

—La gente suele desconfiar de lo que considera extraño. A lo largo de la Historia, las personas hemos tenido tanto miedo como para llegar a quemar a quienes parecían distintos —apuntó Sebastian—. Pero tú no tienes miedo, ¿verdad?

—¿De ti? —Mel se echó a reír—. No, tú no me das miedo, Donovan.

—Ya veremos cuando hayamos terminado —pensó él en voz alta—. Pero creo que es mejor vivir en el presente, independientemente de lo que puedas saber mañana.

Mel se quedó sin respiración y notó un cosquilleo en el hombro que Sebastian le estaba tocando.

—Te gustan los caballos —prosiguió este.

—¿Qué? Ah, sí —respondió ella, apartándose con delicadeza—. ¿Por qué no iban a gustarme?

—¿Sabes montar?

—Alguna vez lo he hecho —repuso Mel, encogiéndose de hombros—. Pero de eso hace unos cuantos años.

Aunque Sebastian no dijo nada, el semental se acercó, como si hubiese oído una señal.

—Este tiene que tener su genio —prosiguió ella. Pero, al tiempo que lo decía, lo estaba acariciando sonriente—. ¿Sabes que eres muy bonito?

—A veces parece que tiene el diablo en el cuerpo —comentó Sebastian—. Pero es amable cuando quiere. Psyche va a parir en unas semanas, así que no se la puede montar... Puedes probar con Eros si te apetece.

—Otro día quizá —Mel apartó la mano antes de que la tentación la hiciese sucumbir—. Será mejor que me vaya.

Y Sebastian asintió antes de que la tentación de pedirle que se quedara lo hiciese sucumbir a él.

—Sutherland, ¿qué tal el cine? —le ofreció no obstante.

—¿Perdona? —parpadeó Mel.

—Que qué tal el cine. Mañana por la

noche —repitió él, dando un paso hacia adelante—. Mis primas y yo vamos a ir. Creo que te resultaría interesante conocer a mi familia.

—No me gusta mucho socializar.

—Te merecería la pena —Sebastian saltó la valla con la misma gracilidad que Ana, pero en esta ocasión Mel lo comparó con un lobo. Ahora, sin la valla entre medias separándolos, sintió una excitación incomprensible—. Te divertirás un par de horas... te distraerás. Después, es posible que tú y yo tengamos que ir a algún sitio.

—Si no eres más concreto, no llegaremos a ningún lado.

—Confía en mí —dijo Sebastian, posando una mano sobre la mejilla izquierda de Mel—. Una velada con los Donovan nos hará bien a los dos.

—Me temo que ya he decidido que nada que tenga que ver contigo me hará bien —logró resistirse ella, con un hilillo de voz.

—Sólo es una invitación al cine, no una proposición —comentó él, sonriente, admirando sus atractivos ojos verdes—. Al menos, no como la que te ha hecho esta mañana el vecino del tercero del edificio de Rose.

—¿Cómo sabes eso? —preguntó Mel, sorprendida.

—Pasaré a recogerte a las nueve en punto. Quizá te lo explique entonces —Sebastian levantó una mano antes de que ella pudiera rehusar—. Dices que no me tienes miedo. Pues demuéstramelo, Sutherland.

Era un desafío perfecto y Mel era consciente de que los dos lo sabían.

—Bueno, pero no es una cita.

—En absoluto.

—Entonces, de acuerdo. Hasta mañana —Mel dio un paso atrás y se giró. Se dio cuenta de que era más fácil pensar cuando Sebastian no la estaba mirando—. Nos vemos.

—Sí —murmuró él, sonriente—. Te lo aseguro.

La sonrisa se le fue desvaneciendo mientras la miraba alejarse. No, no era una cita. Dudaba que alguna vez pudiera haber algo tan sencillo como una cita en aquella relación. Porque, aunque la idea no lo seducía demasiado, Sebastian ya sabía que iban a tener una relación.

Mientras tenía la mano sobre el hombro de Mel, justo antes de que esta se apartara, lo había visto. No había mirado adrede, pero lo había visto.

Los dos juntos a la luz rosada del crepúsculo. La piel sedosa de Mel bajo sus propias manos. Miedo en sus ojos verdes y miedo a algo más intenso que el miedo.

Sebastian frunció el ceño, levantó la cabeza y miró hacia el amplio ventanal de su casa. Al otro lado de la ventana estaba la cama donde él dormía y soñaba. La cama que compartiría con Mel antes de que acabase el verano.

Cinco

Mel tenía tareas con que ocupar el día. Estaban los últimos detalles de un caso de infidelidad, un posible caso de fraude a Seguros Cooper y el niño que había pasado para contratarla para encontrar a su perro.

Había aceptado este último caso con una tarifa simbólica de dos dólares, porque la había enternecido ver irse al niño, convencido de que dejaba el asunto en manos de una profesional.

Picó cualquier cosa para cenar y se dispuso a llamar a la policía local y a las autoridades de Vermont y New Hampshire. Logró hablar con su colega de Georgia y colgó insatisfecha.

Todo el mundo estaba buscando a James T. Parkland. Todo el mundo estaba buscando a David Merrick. Y nadie los encontraba.

Después de mirar la hora, demasiado nerviosa como para permanecer en el despacho, agarró la foto que el niño le había dado de su perro y salió a dar una vuelta.

Tres horas más tarde, localizó a Kong, así llamado por su enorme tamaño, el cual estaba durmiendo frente a una carnicería. Gracias a una correa que le regaló el dueño de la tienda, logró llevar a Kong hasta el coche y meterlo en el asiento del acompañante. Le puso el cinturón de seguridad, por miedo a que el perro diese un salto mientras conducía de vuelta al despacho, y este le limpió la cara de un lametazo.

—¡Mucho morro! —le dijo Mel mientras arrancaba—. Tu amo preocupado por ti y tú echándote la siesta con aliento a chuleta de cerdo.

Antes que apenado, el perro pareció sonreír mientras Mel maniobraba para salir a la carretera.

—¿No sabes lo que es la fidelidad? —prosiguió esta. Kong cambió de postura el cuerpo y apoyó la cabeza sobre el hombro derecho de Mel— . Menos cariños, te tengo calado.

Pero levantó la mano de la palanca de las marchas para acariciarlo.

Al llegar a la oficina, se encontró a Sebastian aparcando su moto. La vio dentro del coche junto a aquella mole canina y sonrió.

—Típico de mujeres. Yo que pensaba que íbamos a salir juntos y te sorprendo con otra cita.

—Es más mi tipo —repuso Mel mientras usaba el brazo para limpiarse los besos que Kong le había dado en la mejilla—. Perdón, había olvidado lo del cine.

—Está claro que sabes cómo halagar a un hombre —bromeó Sebastian mientras ella le quitaba el cinturón de seguridad al perro—. Es bonito.

—Supongo —replicó Mel, encogiéndose de hombros—. Vamos, Kong. El paseo ha terminado —añadió. Tiró del perro con fuerza, pero este no parecía dispuesto a colaborar.

—¿Nunca has pensado en llevarlo a una escuela de adiestramiento? — preguntando Sebastian, que estaba disfrutando con el espectáculo.

—¡Y a un reformatorio! —murmuró Mel—. Pero no es mío, sino de un cliente. ¡Maldita sea, Kong!, ¡levanta el culo del asiento!

Como si hubiera estado esperando a que se lo pidiese, el perro saltó sin resistirse más, lanzando a Mel de espaldas contra Sebastian. Este la agarró por la cintura cuando ya había perdido ella el equilibrio.

—¡Eres un payaso! —insultó a Kong cuando hubo recuperado el aliento. Como si estuviera totalmente de acuerdo, el perro dio paso a todo su repertorio de trucos: se tumbó, rodó sobre la espalda, se sentó de nuevo y saludó con una pata.

Mel rio hasta darse cuenta de que su espalda seguía en contacto con el pecho de Sebastian. Un pecho potente.

—Suelta —espetó Mel, quitando las manos de él de mala manera.

—Desde luego, qué poco tacto tienes.

—Depende que quién me esté tocando —replicó ella mientras se sacudía los pelos del perro que le habían caído sobre los vaqueros— . Mira, hazme un favor y quédate aquí con Kong mientras hago una llamada. Hay un niño que, por razones que no alcanzo a comprender, quiere a esta mole negra.

—Adelante —Sebastian se agachó y acarició la piel de Kong.

Mel regresó al cabo de un par de minutos y muy poco después apareció un niño corriendo por la acera, con una correa roja en la mano.

—¡Kong! —exclamó feliz. El perro se puso de pie y ladró alegremente. Saltó hacia el chico y ambos se fundieron en un abrazo... rodando por el suelo— . Eres una detective de primera. Muchas gracias. Has hecho un buen trabajo —felicitó a Mel antes de despedirse.

—Gracia —replicó esta.

—¿Te debo algo más?

—No, estamos en paz. Deberías ponerle una de esas etiquetas con tu nombre y tu teléfono, por si vuelve a perderse.

—Vale —el chico le puso la correa al perro—. Venga, Kong, vamos a casa... Gracias —repitió de nuevo alegremente.

—Tiene razón —dijo Sebastian una vez a solas con Mel—. Has hecho un buen trabajo —agregó, sin resistirse a acariciarle el pelo.

—Es mi forma de ganarme la vida —repuso ella con modestia.

—Supongo que te habrás hecho millonaria con este caso.

—¿Qué pasa!, ¡he ganado dos dólares! —replicó Mel entre risas—. Con eso me da para las palomitas, ¿no?

Sebastian interrumpió su risa acercando sus labios a los de ella. No fue un beso, pensó Mel, sino algo más amistoso.

—¿Por qué lo has hecho?

—Por nada en particular —contestó Sebastian mientras se sentaba en la moto—. Vamos, Sutherland. Odio llegar tarde al cine.

Después de todo, era una buena manera de desconectar. A Mel siempre le había gustado el cine. De pequeña era uno de sus entretenimientos preferidos. Una vez que las luces se apagaban en la sala, daba igual que fuese la chica nueva del barrio.

Había algo familiar y reconfortante en todos los cines: el olor de las palomitas, los comentarios de los espectadores hasta que la película empezaba.

Independientemente de dónde estuviera, tenía una sensación de anonimato que le gustaba. Un asesino podía estar disparando a un pobre hombre y Mel, junto con los demás espectadores, asistía tan contenta al inveterado duelo entre el bien y el mal.

Se sentó entre Sebastian y su prima Morgana. Su despampanante prima, advirtió Mel.

Había oído los rumores acerca de Morgana Donovan Kirkland. Rumores que afirmaban que era una bruja. A Mel siempre le habían resultado ridículos, aún más ahora que la veía. Sin embargo, suponía que esos rumores contribuirían al buen funcionamiento de su tienda.

Al otro lado de Morgana estaba su marido, Nash. Mel sabía que era un guionista famoso y respetado, especializado en películas de terror. Sus películas habían arrancado más de un grito a Mel... y la habían hecho reírse de sí misma.

No le parecía que Nash Kirkland fuese de estrella. Le resultó un hombre abierto, espontáneo... y muy enamorado de su esposa.

Vieron la película tomados de la mano. Pero no de un modo pegajoso que habría incomodado a Mel, sino como muestra serena de un vínculo afectivo envidiable.

Y al otro lado de Sebastian estaba Anastasia. Mel se preguntó cómo era posible que una mujer tan preciosa no tuviera una pareja. Luego pensó que era una idea sexista y estúpida. No todas las mujeres, incluida ella, necesitaban ir a todos lados colgadas del brazo de un hombre.

—¿Te las vas a comer todas sola?

—¿Qué? —dijo Mel mientras comía palomitas distraída.

—¿Las vas a compartir o qué?

Lo miró un segundo. ¿No era un poco extraño cómo le brillaban los ojos en la oscuridad?

—Sí, sí, toma las que quieras —ofreció cuando por fin logró reaccionar.

Sebastian tomó un puñadito y siguió viendo la película. Mel olía tan... refrescantemente. Concentró parte de su cerebro en la pantalla y dejó el resto vagando a su antojo. Le agradó percibir el aroma del jabón de Mel y, si prestaba atención, podía oír los latidos de su corazón, firmes, constantes... y un poco acelerados en algunos momentos tensos de la película.

¿Qué haría su pulso si la tocaba?, ¿si se giraba y se apoderaba de esa boca grande, sin pintar?

Pensó que lo sabía. Pero que podía esperar para comprobarlo.

No se resistió, en cambio, a echar un vistazo a sus pensamientos:

«Idiota. Si sabe que la están persiguiendo, ¿por qué sale a la calle a oscuras?, ¿por qué siempre ponen a las mujeres como si fueran tontas o indefensas? Ya está, directa al parque. Claro que sí: lo más lógico es que vaya por los matorrales, donde le pueden rebanar el pescuezo sin que nadie vea al asesino. Diez a uno a que...»

De pronto, Mel interrumpió el flujo de pensamientos y se removió inquieta en la butaca, confundida. Lo había descubierto. Mel no entendía qué ocurría, pero había notado una intrusión en su cabeza y trató de bloquearla.

El hecho de que se diera cuenta, de que fuera capaz de hacerlo, intrigó a Sebastian. Era muy extraño que alguien ajeno a su familia advirtiera su capacidad para leer la mente.

Mel tenía algún tipo de poder, se dijo Sebastian. Tapado, como un bote de esencias fragantes, pero lo tenía. Llevado por la curiosidad, trató de concentrarse un poco más.

—No seas indiscreto —le dijo Anastasia.

De modo que, a su pesar, Sebastian se abandonó a la acción de la película.

Metió la mano en el cucurucho de palomitas de Mel y esta dio un respingo. Sebastian sonrió.

—Pizza —votó Morgana al salir del cine.

—¿No decías que querías ir a un restaurante mexicano? —dijo Nash, acariciándole el pelo.

—Hemos cambiado de idea —repuso Morgana, sonriente, dándose una palmadita en el vientre.

—Pizza sin anchoas —terció Ana—. ¿Te apetece? —añadió, mirando a Mel, la cual se sintió envuelta en aquel anillo de camaradería.

—Sí, me parece perfec...

—No podemos —la interrumpió Sebastian, colocando una mano sobre el hombro derecho de ella.

—Será por la primera vez que rechazas una cena —lo provocó Morgana—. Mi primo tiene un apetito feroz. Te sorprendería —le dijo a Mel con una mirada divertida.

—Mel es demasiado racional para dejarse sorprender —comentó Sebastian con frialdad—. Y si algo la sorprende, no le da crédito.

—Venga, ¿seguro que no te puedes quedar otra hora, Sebastian? —le preguntó Anastasia.

—Esta noche no.

—Yo puedo... —arrancó Mel.

—Yo la llevaría a casa —se ofreció Nash, guiñándole un ojo a Mel—. No tengo el menor problema en cenar solo con tres damas preciosas.

—Eres muy generoso, cariño —dijo Morgana—. Pero creo que Sebastian tiene otros planes para su dama.

—Yo no soy...

—Exacto —Sebastian dio un beso a sus primas para despedirse—. En otra ocasión —añadió, tirando de Mel.

—Donovan, quedamos en que esto no era una cita. Me habría gustado cenar con ellos. Tengo hambre —protestó ella, camino de la moto.

—Yo te alimentaré —repuso Sebastian mientras le daba un casco a Mel.

—No soy un caballo —rezongó esta—. Me sé alimentar yo sola —añadió, mirando hacia atrás a la familia de Sebastian. No solía salir en grupo... y era aún más raro que se hubiera sentido tan a gusto. Pero si estaba enfadada con Sebastian por no haberla dejado cenar con ellos, debía agradecerle que la hubiera incluido en el plan en un primer momento.

—No rabies.

—Yo no rabio —replicó Mel mientras posaba las manos en las caderas de él para no perder el equilibrio.

Le gustaba la sensación de riesgo y libertad de la moto. Quizá, cuando tuviera algo más de dinero, se compraría ella misma una. Claro que sería más práctico arreglar primero el coche. Y también debía reparar los sanitarios del baño.

Pero puede que lo lograra en un año o así. Tal como le iban las cosas, podía ahorrar todos los meses. Y quizá le dieran una gratificación económica por descubrir a los ladrones de televisores y evitar así una oleada de demandas a Seguros Cooper.

Se abandonó a tales pensamientos, ciñendo su cuerpo al de Sebastian al tomar las curvas. Mel no era consciente de que le estaba rodeando la cintura entera con las manos, pero él sí.

Le gustaba notar el viento contra la cara, contra la piel. Y aunque no estaba orgullosa de ello, disfrutaba del modo en que su cuerpo se acomodaba al de Sebastian mientras la moto vibraba seductoramente entre las piernas de ambos.

Sebastian tenía un cuerpo... muy interesante. Era muy difícil no reparar en ello, dado que estaban compartiendo un espacio muy reducido. Tenía hombros anchos, una espalda bien musculada y una cintura estrecha.

También en sus brazos había músculos. No es que ese tipo de cosas la impresionara, se recordó Mel. Pero la extrañaba que alguien con un trabajo como el suyo estuviera... tan bien constituido.

Antes parecía un tenista que un profeta o parapsicólogo.

Aunque supuso que tendría tiempo para trabajar, montar a caballo o realizar el ejercicio que prefiriese entre visión y visión.

Comenzó a preguntarse cómo sería tener su propio caballo.

—¡Oye! —exclamó Mel al ver que Sebastian dejaba atrás la desviación que conducía a su casa—. Te has pasado.

—¿Estás segura?

—Te aseguro que sé dónde vivo —replicó ella—. Y no vas por buen camino.

—Yo también sé dónde vives.

—¿Entonces? —preguntó Mel, extrañada.

—Hace una noche agradable para dar una vuelta en moto.

—No quiero dar ninguna vuelta.

—Esta te va a gustar —le prometió Sebastian.

—¿Ah, sí?, ¿adónde vamos?

—A Utah —contestó él mientras adelantaba a toda velocidad a un coche.

Pasaron más de diez kilómetros y Mel no había conseguido cerrar la boca todavía.

Tres de la mañana, en el aparcamiento de una gasolinera. Mel tenía el culo plano de tanto montar. Pero su cerebro no estaba plano. Puede que estuviera cansada, pero la cabeza le funcionaba bien.

Y en esos momentos estaba desarrollando métodos para asesinar a Sebastian Donovan.

Lamentaba no haber llevado consigo su pistola. Para pegarle un tiro. Podía haberse deshecho de su cadáver en cualquiera de las carreteras solitarias que habían recorrido. Si lo enterraba, probablemente tardarían años en encontrarlo.

Aunque le habría gustado más matarlo de una paliza. Sabía que Sebastian era más alto y pesado que ella, pcro confiaba en sus fuerzas.

Luego tiraría la moto, subiría a un autobús y estaría tan contenta en su despacho a la mañana siguiente.

Estiró las piernas paseando por el aparcamiento. De vez en cuando pasaba algún coche. Aparte de eso, todo era silencio y oscuridad. Una vez le pareció oír algo sospechoso, como un coyote, pero no le dio importancia.

Había sido muy listo, pensó Mel al tiempo que pateaba una lata. Sebastian no había parado la moto hasta pasar Fresno. No era como para volver a pie hasta Monterrey.

Y mientras ella lo insultaba una y mil

veces tras apearse de la moto, Sebastian había aguantado el chaparrón con paciencia y luego le había explicado que para seguir la pista de James T. Parkland, quería ver el motel en el que David había estado, con la primera mujer a la que había sido entregado.

¿De verdad se creía que iban a encontrar un estúpido motel con un dinosaurio en la entrada?

De modo que ahí estaba, agotada, hambrienta y tirada en medio de una carretera con un parapsicólogo loco. Estaba a trescientos kilómetros de casa y no tenía ni doce dólares en el bolsillo.

—Sutherland —la llamó Sebastian, el cual le acababa de comprar una chocolatina en la tienda de la gasolinera.

—Mira, Donovan —dijo Mel mientras le quitaba el envoltorio a la chocolatina—. Tengo que dirigir un negocio. Tengo clientes. Tengo...

—¿Alguna vez has hecho acampada? —la interrumpió él.

—¿Qué? No.

—Yo estuve una vez en un camping por aquí. Un sitio muy tranquilo.

—Si no me llevas a casa ahora mismo, vas a tener una eternidad para estar tranquilo. A partir de ya —lo amenazó Mel. Lo miró a la cara y vio que Sebastian no parecía cansado en absoluto, sino fresco, como si acabara de finalizar una semana de vacaciones en un relajante balneario—. Estás loco, definitivamente. No podemos ir a Utah. ¿Sabes lo lejos que está?

Sebastian notó que había descendido la temperatura, razón por la cual se quitó la chaqueta y se la entregó a ella.

—Hay unos seiscientos kilómetros hasta el sitio al que nos interesa —respondió él mientras terminaba de llenar el depósito de la moto—. Alegra esa cara, Sutherland: ya hemos cubierto más de la mitad del camino.

—Tiene que haber alguna parada de autobús por aquí —murmuró Mel.

—En serio, vamos a donde James entregó a David a la primera mujer. Quedó con ella a las ocho.

—Tonterías —espetó ella.

—El guardia de la gasolinera ha reconocido a James por el retrato. Dice que paro aquí, camino de Utah, y que se fijó en él porque lo notó nervioso y pensó que quizá intentara irse sin pagar. Pero pagó.

—Dame el retrato —le pidió Mel cuando Sebastian terminó de hablar.

Sebastian extendió la mano y sacó el dibujo del bolsillo de la chaqueta, que en esos momentos llevaba Mel.

Esta le arrebató el retrato disgustada y entró en la tienda de la gasolinera para verificar la información que le acababa de dar Sebastian, mientras él cerraba el depósito de la moto.

Cinco minutos después, pálida, pero con un brillo de determinación en los ojos, Mel regresó y le devolvió el retrato:

—Está bien. Vamos.

No se durmió. Habría sido un suicidio, yendo en moto. Pero se abandonó al recuerdo de su infancia. Le resultaba tan familiar eso de viajar por la noche, sin estar segura de adónde iba ni qué haría al llegar al sitio de destino...

A su madre siempre le había gustado conducir por calles desconocidas, con la radio a todo volumen. Mel recordaba aquellos viajes, estirada en el asiento delantero, apoyando la cabeza sobre el hombro de su madre, confiando ciegamente en que de nuevo encontrarían un hogar.

—¿Quieres que paremos un rato? —le preguntó Sebastian cuando notó que Mel apoyaba la cabeza sobre la espalda de él.

—No, sigue adelante.

Sí paró al amanecer, para tomar una taza de café. Mel optó por un refresco con cafeína y devoró unas tostadas con mermelada.

—Creo que te debo una comida decente —comentó Sebastian mientras daban una vuelta por los alrededores del bar en el que habían parado.

—Esto es una comida decente para mí —repuso Mel, relamiéndose los dedos todavía—. Guárdate el faisán para paladares más exigentes.

—Pronto llegaremos —comentó Sebastian, lamentando las bolsas que veía en los ojos de Mel—. En una hora

—añadió, al tiempo que la rodeaba por la cintura en un gesto amistoso.

Mel asintió. No tenía más remedio que confiar en él.

—Sólo espero que merezca la pena.

—No tardaremos en descubrirlo —repuso Sebastian con voz cálida, mirándola a los ojos.

—Perdona si he estado un poco agresiva —se disculpó ella—. Es que no me esperaba este viaje.

—Tranquila. Y relájate, el sol está saliendo.

Contemplaron el amanecer juntos, él rodeándola por la cintura y ella apoyando la cabeza sobre un hombro de Sebastian. Mel sintió algo extraño al contemplar ese milagro diario de la naturaleza. Armonía. Un vínculo que no necesitaba palabras para ser comprendido.

Esta vez, cuando la besó, con suavidad y delicadeza, Mel acogió su boca con los labios abiertos. Sebastian notaba su fatiga, su desconcierto, su temor por el paradero de David. Así que siguió besándola con calma, para confortarla y confortarse. Cuando la soltó, supo que lo que acababan de iniciar no se rompería nunca.

Se montaron en la moto sin hablar y se encaminaron hacia el sol.

Al Sur de Utah, no muy lejos de la frontera de Arizona, había un puñado de comercios. Había en la ciudad una gasolinera, un café restaurante... y un motel con un dinosaurio a la entrada del aparcamiento.

—¡Dios mío! —exclamó Mel al ver confirmadas las conjeturas de Sebastian. Cuando se bajó de la moto, las piernas le temblaron, y no sólo debido al cansancio.

—Vamos a ver si hay alguien despierto —dijo él, guiándola hacia recepción.

—Lo habías visto, ¿verdad?

—Eso parece —repuso Sebastian. Vio que Mel desfallecía, de modo que la rodeó con un brazo para sujetarla—. Reservaremos una cama para que descanses.

—Estoy bien —contestó Mel. Ya tendría tiempo de reposar. Ahora necesitaba seguir moviéndose.

—¿Puedo ayudarlos? —los recibió un hombre con cara adormilada.

—Sí —Sebastian sacó su cartera—. Queremos la habitación número quince —especificó, ofreciéndole un billete de veinte dólares.

—Tienen suerte. Está libre —respondió el recepcionista—. Son veintiocho dólares la noche. El café de afuera está abierto veinticuatro horas al día. ¿Quiere firmar aquí?

—¿Ha visto a este chico? —le preguntó Sebastian después de firmar, enseñándole la foto de David al recepcionista—. Estuvo hace tres meses.

—No puedo acordarme de toda la gente que pasa por aquí.

—Vino con una mujer, atractiva, de unos treinta años, pelirroja. Conducía un coche rojo.

—Puede que pararan por aquí. Pero yo no me meto donde no me llaman.

—Parece usted un hombre despierto —intervino Mel—. Estoy segura de que si una mujer bonita se alojara aquí, se fijaría en ella. Quizá le dijo dónde podía comprar pañales o alguna papilla.

—Insisto: yo no me meto donde no me llaman —repitió el recepcionista.

—Pero no le gusta tener problemas con las autoridades, ¿verdad? —lo amenazó Mel—. Así que haga el favor de decirnos si ha visto a ese bebé.

—¿Sois policías o algo así?

—Digamos que algo así —repuso Mel.

—Este sitio es muy tranquilo.

—Me doy cuenta. Por eso supongo que recordará a la mujer que paró aquí con el bebé. No creo que tenga demasiados clientes.

—Mire, sólo estuvo una noche. Pagó por adelantado y se fue al día siguiente nada más amanecer.

—¿Cómo se llamaba?

—¿Cómo diablos quiere que me acuerde?

—Mire el nombre con el que se registró —Mel sacó un segundo billete de veinte dólares y lo acercó hacia el recepcionista—. También nos vendría bien saber a quién llamó.

—El libro con el registro de las llamadas está aquí —rezongó el recepcionista—. Miren ustedes el de los nombres mientras tanto.

Mel agarró el libro y se lo entregó a Sebastian, convencida de que este encontraría lo que buscaban antes que ella.

—Susan White —dijo por fin—. ¿Le enseñó el carné de identidad?

—No —murmuró el recepcionista—. Hizo una llamada a larga distancia.

—Día y hora —le pidió Mel. Sacó un cuaderno y anotó ambos datos—. Ahora, escuche, amigo. Esta es la pregunta del millón: ¿declararía bajo juramento que trajeron a este bebé en mayo? Mírelo atentamente —añadió, acercándole la fotografía de David.

—Si es necesario —contestó el recepcionista, embarazado—. No quiero ir a ningún juicio, pero la mujer trajo a ese chico. Recuerdo que tenía un hoyuelo en un moflete y que era pelirrojo.

—Buen trabajo —lo felicitó Mel mientras el recepcionista aceptaba un último billete de veinte dólares.

—¿Todo bien? —le preguntó Sebastian a Mel mientras esta salía del motel.

—Por supuesto —respondió ella, esperanzada.

—Tengo que ver la habitación. Puedes esperarme aquí si lo prefieres.

—No, vamos juntos.

Y juntos ingresaron en el motel de nuevo y abrieron la habitación en la que David había estado. Entraron. Mel se sentó en la cama, tratando de despejar la mente, mientras Sebastian se concentraba para sacar más partido de la suya.

Pudo ver al bebé, dormido en una cuna sobre el suelo, algo agitados sus sueños. La mujer había dejado encendida la luz del baño, para poder ver si David se despertaba. La vio frente al televisor, la vio hacer la llamada telefónica.

Pero su nombre no era Susan White. Había utilizado tantos en los últimos años que a Sebastian le costaba dar con el verdadero. Supo entonces que pocas semanas atrás, había vendido a otro bebé.

Tendría que contárselo a Mel después de que esta descansara.

Tomó asiento junto a ella y le puso una mano en un hombro, pero ella siguió con la vista perdida.

—No quiero saber cómo lo has adivinado —le dijo—. Puede que más adelante sí, pero no de momento, ¿de acuerdo?

—De acuerdo.

—¿La mujer estuvo aquí con el bebé?

—Sí.

—¿Y está bien?

—Sí.

—¿Sabes dónde está?

Estaba cansado, más de lo que habría reconocido. Y lo agotaría aún más mirar en ese momento. Pero ella lo necesitaba.

—Tengo que salir —dijo Sebastian, para alejarse de todas las interferencias y tristes historias que habían acontecido en esa habitación—. Déjame solo un minuto.

Mel asintió y él la dejó sobre la cama. Cuando regresó, le pareció que estaba pálido y fatigado. La extrañaba no haberse percatado de sus ojeras instantes atrás. Claro que tampoco le había prestado demasiada atención, se recordó Mel.

Ahora sí lo hizo, y se sintió obligada a

levantarse e ir hacia él. Puede que carecer de familia le impidiese darse a manifestaciones efusivas de afecto con frecuencia, pero en esta ocasión, al menos, le agarró las manos cariñosamente.

—Parece que necesitas descansar tanto o más que yo. ¿Por qué no te echas una siesta? Ya veremos qué hacemos a continuación.

Sebastian no contestó. Sólo giró las manos de ella, las alzó y se las llevó a los labios para besárselas. Mel se quedó paralizada. Nadie había hecho algo así jamás. Y ahora comprendía que lo que siempre había tenido por un gesto tonto y afectado era en realidad conmovedor y seductor.

—Está en un lugar llamado Forest Park, un barrio residencial de Atlanta.

Mel le apretó las manos y deseó con todas sus fuerzas que Sebastian se hallara en lo cierto. Nunca en su vida había dejado nada al amparo de la fe, pero en esta ocasión sí lo hizo.

Seis

Dormía como una marmota. Sebastian dio un sorbo de vino y miró a Mel, tumbada sobre el sofá del avión privado de aquel. No había puesto ninguna objeción cuando le había sugerido que su piloto fuese a Utah para dirigir el vuelo. Simplemente, había seguido tomando notas en su cuaderno.

Al poco de haber tomado altura, sin embargo, había cerrado el cuaderno, los ojos y se había quedado dormida. Sebastian comprendía que una mujer como ella necesitaba recargar energía de vez en cuando.

Así que la había dejado sola. Se había duchado y cambiado de ropa. Luego había picado algo de comer y había hecho un par de llamadas por teléfono.

Suspiró. Sabía que al término de aquel viaje, habría corazones destrozados y otros enmendados. El destino siempre pasaba factura.

A él, por ejemplo, lo había obligado a conocer a una mujer que le resultaba irritante, deseable e incomprensible.

Mel cambió de postura, murmuró algo y abrió los ojos. Se estiró mientras miraba en derredor, como tratando de orientarse, y se incorporó hasta quedar sentada en el sofá.

—¿Cuánto queda?

—Menos de una hora.

—Bien —Mel se alisó el cabello y frunció la nariz—. ¿Huelo a comida?

—Sí —sonrió él—. Y hay una ducha, por si te apetece cambiarte.

—Gracias.

Optó por ducharse primero. No era fácil, pero no quería comportarse como si estuviera impresionada por ese hombre, al que le bastaba chasquear los dedos para hacer aparecer un avión privado, enmoquetado, con un dormitorio acogedor y una amplia cocina. Estaba claro que la parapsicología estaba bien remunerada.

Debía haberlo investigado, pensó Mel mientras se ponía una bata y avanzaba de puntillas hacia el dormitorio. Pero había estado tan segura de disuadir a Rose de su empeño por acudir a él, que no se había tomado la molestia. Y ahora estaba en un avión, a solas con un hombre al que apenas conocía.

Lo remediaría en cuanto regresaran a Monterrey. Aunque si las cosas salían como ella esperaba, no habría necesidad de indagación alguna. Una vez que devolvieran a David a sus padres, su asociación con Sebastian Donovan terminaría.

Con todo, quizá hiciera un par de averiguaciones, por curiosidad.

Miró en el armario de Sebastian. Era obvio que le gustaba la seda y el cachemir. Sacó una camisa y se la puso. Luego se giró, dispuesta a salir. Por un momento, tuvo la sensación de que él estaba allí; pero en seguida comprendió que se trataba de su aroma, que estaba pegado a la camisa y ahora rozaba su piel con suavidad.

¿A qué olía exactamente? Alzó el brazo para oler la axila, pero no distinguió ninguna fragancia en concreto. Algo salvaje, erótico. Algo típico de un bosque a la luz de la luna.

Después de arremangarse hasta los codos, se dirigió a la cocina, donde se sirvió un plátano, una porción de queso, unas lonchas de jamón y un trocito de pan.

—¿Hay mostaza? —preguntó a viva voz. Luego se quedó muda al notar que el cuerpo de Sebastian se estrellaba contra el suyo. Se había acercado con más sigilo que un fantasma.

—¿Vino? —le ofreció él tras acercarle la mostaza.

—Supongo —repuso Mel, incómoda por la proximidad entre ambos—. Te he tomado prestada una camisa, ¿vale?

—Por supuesto —contestó Sebastian mientras llenaba la copa de ella— . ¿Has descansado bien?

—Sí, bueno, ayuda a matar el tiempo —dijo Mel. El avión atravesó una pequeña turbulencia, de modo que Sebastian tuvo que agarrarla para que Mel no perdiera el equilibrio.

—Pronto empezará el aterrizaje —comentó él con calma.

Mel lo miró a la cara y volvió a sentir lo que había sentido en la gasolinera, al amanecer en compañía de Sebastian. Armonía. Algo que estaba empezando.

—Entonces será mejor que nos sentemos y nos pongamos los cinturones.

—Yo llevo tu copa —dijo él tras llenarse la suya.

Luego, después de sentarse, mientras comía con apetito el bocadillo que se había preparado, notó que Sebastian la estaba mirando.

—¿Algún problema?

—Estaba pensando que de veras te debo una comida decente.

—No me debes nada —Mel dio un sorbo de vino y le pareció tan exquisito, tan distinto a los vinos que ella solía tomar, que probó de nuevo—. Y no insistas. Me gusta hacer las cosas a mí manera.

—Ya me he dado cuenta.

—A algunos hombres los intimida —observó ella.

—¿De veras? —replicó Sebastian, sonriente—. A mí no. En cualquier caso, cuando hayamos terminado, quizá accedas a cenar conmigo. Para celebrar un trabajo bien hecho.

—Quizá —dijo Mel—. Podemos echar a suertes quién paga.

—¡Dios!, ¡eres increíble! —exclamó él, sonriente—. ¿Por qué te hiciste detective?

—Eh...

—Vamos, ahora me toca a mí preguntar, ¿no te parece? ¿Por qué elegiste esa profesión?

—Me gusta descubrir cosas —contestó Mel. Se levantó para llevar el plato a la cocina, pero Sebastian se adelantó y lo llevó él mismo.

—¿Así de sencillo?

—Creo en las reglas —respondió Mel. Se sentía a gusto. Estaba cómoda, descansada y relajada—. Y creo que quien rompe las reglas, debe pagar por ello. Como me gusta investigar por mi cuenta, dejé la policía y me hice detective.

—Así que no trabajas bien en equipo.

—No. ¿Y tú?

—Tampoco —respondió Sebastian tras dar un sorbo de vino—. Pero las reglas cambian a menudo, Mel. La línea entre el bien y el mal a veces es confusa. ¿Cómo actúas cuando eso ocurre?

—Hay ciertas líneas que no se deben cambiar ni cruzar nunca. Es algo que se siente.

—Sí, se siente —reforzó él, lanzándole una mirada intensa.

—No tiene nada que ver con tener poderes paranormales —se aprestó a matizar Mel—. No creo en visiones ni premoniciones, o como lo llames.

—Pero estás aquí, ¿no? —Sebastian alzó la copa a modo de brindis.

—Sí, Donovan. Estoy aquí. Estoy aquí porque me niego a desestimar la menor opción, por rara que esta sea.

—¿Y? —la presionó él, sonriente.

—Y porque es posible que pueda llegar a considerar que hayas tenido alguna visión. O quizá tienes buenas corazonadas. Yo me dejo llevar por mi instinto.

—Yo también, Mel —dijo Sebastian

al tiempo que el avión tomaba tierra—. Yo también.

Siempre era desagradable cederle las riendas a otro. A Mel no le importaba cooperar con las autoridades locales y el FBI, pero prefería ir a su aire. Por el bien de David, se forzó a morderse la lengua más de una docena de veces durante su entrevista con el agente federal Thomas A. Devereaux.

—Tengo informes sobre usted, señor Donovan. Muchos de mis colegas no sólo lo consideran de fiar, sino dotado de un talento milagroso.

—He participado en algunas investigaciones federales —repuso Sebastian sin engreimiento.

—La más reciente, en Chicago —apuntó Devereaux mientras consultaba una carpeta—. Se lió una buena. Lástima que no pudiéramos detener al asesino antes.

—Sí —respondió Sebastian, que aún tenía grabadas en el cerebro imágenes espantosas.

—Respecto a usted, señorita Sutherland —añadió Devereaux mientras se subía las gafas con una mano—, la policía de California parece considerarla competente en su trabajo.

—¡Gracias a Dios! Por fin podré dormir tranquila —repuso Mel con socarronería—. ¿Le importa que nos saltemos las presentaciones, agente Devereaux? Tengo amigos en California que están desesperados. David Merrick no anda lejos de aquí y...

—Eso todavía hay que confirmarlo —la interrumpió Devereaux—. Y tenemos que localizar a la señora que lo retuvo.

—¿No será aquí sentados? —contestó Mel con insolencia.

—¿Pretende que llamemos a todas las puertas de Forest Park y que preguntemos si han visto a un niño robado últimamente? —replicó el agente—. Estamos recibiendo información sobre niños de seis a nueve meses: certificados de nacimiento y de adopción. Estamos investigando a quienes se hayan desplazado por la zona con un niño en los últimos tres meses. Estoy seguro de que por la mañana habremos reducido considerablemente la lista de sospechosos.

—¿Por la mañana? Oiga, llevamos veinticuatro horas sin parar, ¿y ahora nos viene con que tenemos que esperar hasta mañana?

—Sí. Si nos da el nombre de su hotel, nos pondremos en contacto en cuanto haya alguna novedad.

—Yo conozco a David. Puedo identificarlo. Si barriera la zona y pusiera a un equipo vigilando...

—Nosotros nos ocuparemos. Puede que más adelante le pidamos que identifique al chico. Pero de momento nos basta con sus huellas dactilares —atajó Devereaux. Luego se dirigió a Sebastian—. He accedido a que colaboréis por recomendación del agente Tucker, de Chicago, al que conozco desde hace más de veinte años. Porque da crédito a esta historia de la parapsicología, y porque tengo un nieto de la edad de David. De lo contrario, os diría directamente que volvieseis a California y nos dejarais investigar por nuestra cuenta.

—Apreciamos su ayuda, agente

Devereaux —Sebastian se puso de pie y pellizcó a Mel con disimulo antes de que esta soltara el insulto que estaba atravesando su mente—. He hecho una reserva en el Hotel Doubletree. Esperaremos a su llamada.

—Debería haberle escupido a la cara —gruñó Mel no bien se hubieron despedido de Devereaux—. Estos tipos siempre tratan a los detectives privados como si fuéramos idiotas.

—Hará su trabajo.

—Espero —murmuró ella mientras Sebastian le abría la puerta del coche que había alquilado en el aeropuerto.

—Supongo que no te apetecerá tomar una copa en el hotel y cenar tranquilamente.

—Ni en sueños —rehusó Mel—. Necesito unos prismáticos. Tiene que haber alguna tienda abierta por aquí.

—Supongo.

—Que ha accedido a que colaboremos —repitió Mel enojada refiriéndose a las palabras de Devereaux—. Bueno, no creo que dar una vuelta por los alrededores vaya en contra de la ley, ¿no?

—No lo creo —dijo él tras arrancar—. Y después podíamos dar un paseo. Nada como un paseo por un barrio agradable.

—Tienes razón, Donovan —convino Mel, sonriente.

—¡Vaya!, ¡creo que me sentiré halagado el resto de mi vida!

—¿Puedes...? —Mel se mordió un labio e interrumpió su pregunta mientras avanzaban por las calles de Forest Park.

—¿Si puedo decirte qué casa es? —completó Sebastian.

—¿Cómo...?

—¿Cómo funciona lo de mi poder? —se adelantó Sebastian de nuevo—. Es un poco complicado de explicar. Puede que algún día, si aún te interesa, lo intente.

—¿Por qué te paras? —quiso saber Mel.

—Es aquí. Les gusta sacarlo con el cochecito después de darle la cena, antes de bañarlo.

—¿Dónde... dónde está? —preguntó Mel con un hilillo de voz.

—En la casa esa de las cortinas azules

—Sebastian agarró a Mel cuando esta hizo ademán de bajar del coche—. No.

—Si está ahí dentro, entraré y lo sacaré. Maldita sea, suéltame.

—Piensa un poco —le recomendó él, aun a sabiendas de que, en esos momentos, era lógico que Mel se dejara llevar por los sentimientos— . David está bien. Sólo complicarás las cosas si entras ahí e intentas quitárselo.

—Ellos lo robaron —replicó con los ojos encandilados de ira.

—No. Ellos no. Ellos no saben que secuestraron a David. Creen que era un niño abandonado.

—David no es su hijo —repuso ella, furiosa.

—No —dijo Sebastian con calma—. Pero lo ha sido durante tres meses. Para ellos es Eric y lo quieren mucho.

—¿Cómo puedes pedirme que deje a David con ellos?

—Sólo un rato más —Sebastian le acarició una mejilla—. Te juro que Rose recuperará a su hijo antes de mañana por la noche.

—De acuerdo —accedió Mel, ablandada—. Has hecho bien en frenarme. Es importante que nos aseguremos —añadió más tarde, llevándose a los ojos los prismáticos.

Miró hacia una de las ventanas y vio una cuna mecedora y un sofá marrón con un montón de juguetes encima. Entonces apareció una mujer. Una mujer joven, morena, vestida con pantalones cortos y una blusa de algodón. El cabello le bailaba liviano mientras rcía y estaba mirando hacia alguien a quien Mel no lograba ver.

Y, de pronto, allí estaba:

—David —exclamó Mel, apretando con fuerza los prismáticos, mientras un hombre le entregaba al bebé a su esposa, la cual lo aguardaba con los brazos abiertos.

—Vamos a dar un paseo —propuso Sebastian.

—No, necesito hacer unas fotos —objetó Mel. Dejó los prismáticos a un lado y sacó su cámara con teleobjetivo—. Quizá con esto consigamos que Devereaux se ponga en acción.

Gastó medio carrete, a la espera cuando no los tenía a la vista, disparando cuando se colocaban frente a la ventana. Le dolía el pecho de la presión que sentía.

—Vamos a dar un paseo —dijo entonces ella—. Puede que lo saquen pronto.

—Si intentas arrebatárselo...

—No soy estúpida —espetó Mel—. Lo de antes fue una reacción alocada. Sé cómo hay que hacer las cosas.

Salieron, cada uno por su puerta, y se unieron en la acera tras rodear el coche.

—Parecerá menos sospechoso si vamos de la mano —comentó Sebastian.

—Bueno —aceptó ella, encogiéndose de hombros—. No creo que me haga daño.

—Dcsde luego, eres toda una romántica, Sutherland —se burló él. Luego le dio un beso en los dedos—. Siempre me ha gustado este tipo de barrios, pero no para vivir. Un jardín modélico, el rosal junto a la valla, chicos correteando por la calle... Ya sabes.

Mel siempre había anhelado tener una casa en un lugar así. Pero se negaba a reconocerlo.

—Sí, ya sé: manchas de césped en la ropa, chicos gritando, vecinos cotilleando al otro lado de la valla, perros ladrando...

Como si lo hubiera convocado, apareció uno con cara de pocos amigos. Cuando Sebastian lo miró, en cambio, se amansó, dio media vuelta y se marchó con el rabo entre las piernas.

—Bonito truco —admitió Mel, impresionada.

—Nada del otro mundo —dijo él. Le soltó la mano y le pasó un brazo sobre los hombros—. Relájate, no tienes por qué preocuparte por David.

—Estoy bien.

—Estás muy tensa. Aquí —Sebastian empezó a masajearle el cuello, pero ella se resistió.

—Donovan...

—Tranquila, es otro truco —la interrumpió mientras le aflojaba los músculos de los hombros—. ¿Mejor?

—Sí...

—Si tuviera más tiempo, y si te tuviera desnuda no digamos, te desharía hasta el último nudo —comentó él, sonriente, para asombro de Mel—. Me parece justo que de vez en cuando tú también sepas lo que yo pienso. Y he estado pensando en verte desnuda.

—Pues piensa en otra cosa —contestó ella, horrorizada ante la posibilidad de ruborizarse.

—Me cuesta. Sobre todo, cuando mi camisa te sienta tan bien.

—No me gusta que coqueteen conmigo —susurró Mel.

—Mi querida Mary Ellen, hay una diferencia enorme entre un coqueteo discreto y una manifestación directa de deseo. Si te dijera que tienes unos ojos preciosos, que me recuerdan a las colinas de mi amada Irlanda, estaría coqueteando. O si comentara que tu cabello es como el oro de un cuadro de Boticelli, o que tu piel es suave como una nube, también estaría coqueteando.

Mel notó un extraño e incómodo revoloteo en el estómago.

—Si dijeras cualquiera de esas cosas, pensaría que has perdido el juicio.

—Motivo por el cual me he decantado por un acercamiento directo. Te deseo,

Mel. Quiero tenerte en mi cama, desnudarte, tocarte y estar dentro de ti —Sebastian la abrazó y le mordisqueó el labio inferior—. Y luego quiero que repitamos una y otra vez. ¿Te parece que he perdido el juicio?

Mel le estaba tocando el pecho. No tenía ni idea de cómo habían llegado sus manos allí. Su boca tenía hambre y el corazón le latía a un ritmo frenético.

—Sí... estás loco.

—¿Por desearte o por decírtelo?

—Por... por pensar que me puede interesar darme un revolcón rápido contigo. Apenas te conozco.

Sebastian le levantó la barbilla, la besó en los labios y la miró a los ojos:

—Me conoces lo suficiente. Y yo no he dicho que fuera a ser rápido —advirtió Sebastian. De pronto, cambió el objeto de su atención—. Están saliendo. Crucemos la calle. Podemos observarlos mientras paseamos —dijo sin haberse dado la vuelta, justo cuando la mujer abría la puerta de su casa.

Mel había recuperado el control. Sebastian le rodeaba los hombros para frenarla y sostenerla al mismo tiempo. Pudo oír la conversación de aquella mujer con su esposo. Era la conversación desenfadada y feliz de unos padres jóvenes con un hijo sano. Mel rodeó a Sebastian por la cintura para soportar aquella escena.

¡Cómo había crecido el bebé! Tuvo que hacer un esfuerzo enorme para que las lágrimas no se le saltaran de los ojos. David estaba hecho un hombrecito delicioso y llevaba unos zapatitos rojos, como si ya hubiera dado sus primeros pasitos.

Y sus ojos... Se contuvo, tuvo que contenerse para no llamarlo. David la estaba mirando, incorporado en el cochecito, sonriendo y extendiendo los brazos hacia Mel.

—Me ha reconocido —susurró Mel—. Me ha reconocido.

—Sí. Es difícil olvidar a quien nos quiere —Sebastian la detuvo cuando ella dio un paso hacia adelante—. Todavía no, Mel. Tenemos que llamar a Devereaux.

—Me ha reconocido —repitió ella mientras Sebastian le apretaba para confortarla—. Estoy bien —añadió con un hililllo de voz.

—Lo sé —Sebastian le dio un beso en la frente, le acarició el pelo y esperó a que Mel dejase de temblar.

Fue una de los momentos más duros de su vida. Devereaux y una agente habían ido a la casa de las cortinas azules. Mel los había visto entrar, dcspués de que la mujer morena les abriese la puerta a la mañana siguiente, todavía en bata. Mel había notado cierto temor y preocupación en el rostro de la mujer, la cual estaba llorando desconsolada en esos momentos.

¿Cuándo saldrían? Metió las manos en los bolsillos y dio unos pasos por la acera. Estaba muy nerviosa. Devereaux había insistido en que esperasen hasta que amaneciese y Mel no había logrado pegar ojo al regresar al hotel.

—¿Por qué no te sientas en el coche? —le sugirió Sebastian.

—No puedo estarme quieta.

—No nos dejarán llevárnoslo ahora

mismo. Ya has oído a Devereaux: tardarán horas en hacerle los análisis de sangre y comprobar sus huellas dactilares.

—Pero me dejarán estar a su lado. No pienso dejar solo a David con unos desconocidos —aseguró Mel, en referencia a los agentes del FBI—. Háblame de ellos, por favor —añadió de pronto.

Sebastian había estado esperando la pregunta y la miró a los ojos para contestarla:

—Ella era profesora. Dimitió cuando les dieron a David. Quería pasar con él el máximo tiempo posible. Su marido es ingeniero. Llevan casados ocho años y han intentado tener hijos desde el principio. Son buena gente, se quieren, y tienen espacio en su corazón para formar una familia.

Pudo observar en la cara de Mel la guerra entre la compasión y la rabia, entre el bien y el mal.

—Lo siento por ellos —susurró—. Lamento que alguien sea capaz de explotar este tipo de amor, esta necesidad. Odio lo que les han hecho a todos los afectados.

—La vida no siempre es justa.

—La vida no suele ser justa —corrigió Mel.

Siguió dando pasitos de un lado a otro de la acera. Cuando la puerta se abrió, Devereaux se dirigió hacia ella:

—¿El chico la conoce?

—Sí, ya le he dicho que me reconoció cuando me vio anoche.

—El señor y la señora Frost están destrozados. Estamos calmando a la mujer. Como le he dicho, tendremos que quedarnos con el niño hasta que realicemos las comprobaciones pertinentes y solucionemos el papeleo. Sería más fácil para él si entrara dentro con la agente Barker y lo sacara usted misma.

—Sí —aceptó Mel con el corazón en un puño—. ¿Donovan?

—Te acompaño.

Entró, tratando de escudar su corazón y su mente de la escena que iba a presenciar. Avanzó hacia la habitación de David, pintada de azul con barcos de vela. Sobre la cuna había un móvil.

Se quedó sin respiración. Todo se ajustaba a lo que Sebastian había predicho.

Por fin se inclinó para apaciguar el llanto de David.

—Cariño, cariñito —Mel le secó las lágrimas de las mejillas y agradeció que la agente Barker estuviera delante, para no romper a llorar también ella—. Muy bien, pequeñín. Vamos a casa a ver a papá y mamá.

Siete

—Nunca podré agradecértelo lo suficiente. Nunca —Rose estaba de pie, mirando por la ventana de la cocina hacia el jardín, donde Stan jugaba con David, dándole patadas a una pelota naranja—. Sólo verlos...

—Lo sé —Mel la rodeó por los hombros mientras ambas oían la risa del pequeño—. Es maravilloso, ¿verdad?

—Perfecto —Rose se secó los ojos con un pañuelo y suspiró—. Sencillamente perfecto. Cuando pienso en el miedo que he pasado. Creía que no volvería a verlo nunca.

—Entonces no lo pienses. David ya está donde debe estar.

—Gracias a ti y al señor Donovan —Rose se alejó de la ventana, pero siguió echando vistazos de vez en cuando. Mel se preguntó cuánto tiempo transcurriría hasta que su amiga se sintiera tranquila no estando David a la vista—. ¿Puedes contarme algo de la gente con la que estaba, Mel? Los agentes del FBI fueron muy amables, pero...

—Poco comunicativos —completó la detective—. Eran buenas personas. Querían formar una familia. Cometieron un error, confiaron en alguien en quien no deberían haber confiado. Pero cuidaron bien de David.

—Ha crecido mucho. Y está intentando dar algunos pasitos seguidos —comentó Rose con cierta amargura, por haberse perdido esos meses de la vida de su hijo. Pero también sentía pena por una madre a la que no conocía y que ahora estaría mirando una cuna vacía—. Sé que lo querían. Y sé el dolor y la desolación que estarán pasando ahora. Pero para ella es peor todavía, porque sabe que nunca recuperará a David... ¿Quién nos ha hecho esto, Mel?, ¿quién nos ha hecho algo tan horrible?

—No lo sé. Pero estoy trabajando en ello.

—¿Vas a seguir trabajando con el señor Donovan? Sé que está muy interesado.

—¿Sebastian?

—Charlamos un rato cuando paró por casa.

—Ah, ¿ha venido a verte?

—Vino a devolverle a David su osito de peluche —respondió Rose, llena de amor maternal—. Y le regaló este barquito de vela.

—Qué detalle.

—Era como si entendiera a las dos partes: lo que Stan y yo hemos sufrido y lo mal que lo está pasando ahora mismo el matrimonio de Atlanta. Y todo por culpa de un desalmado —dijo Rose con voz trémula—. Supongo que por eso no me cobró nada.

—¿No? —preguntó Mel, tratando de sonar desinteresada.

—Se negó en redondo. Dijo que Stan y yo mandáramos lo que podamos permitirnos a algún orfanato.

—Vaya.

—Y dijo que estaba pensando en seguir con el caso.

—¿El caso?

—Dijo algo así como que no estaba bien que se traficara con bebés como si fueran mercancía. Que había algunas líneas que no podían rebasarse.

—Sí, las hay —convino Mel, poniéndose en pie—. Tengo que irme, Rose.

—¿No te quedas a cenar? —preguntó esta, sorprendida.

—No puedo —Mel vaciló, luego hizo algo que no acostumbraba y que deseaba poder hacer con más naturalidad. Le dio un beso en la mejilla—. Tengo que ocuparme de una cosa.

Suponía que debía haberlo hecho antes. Pero apenas habían regresado a Monterrey hacía un par de días, se justificó Mel mientras conducía montaña arriba. Sebastian había salido de su refugio para ver a Rose, pero no se había acercado a verla a ella.

Estaba claro que no había dicho en

serio eso de que la encontraba atractiva y la deseaba. En tal caso, ya habría dado algún paso. ¿Cómo iba a decidir si distanciarse o no cuando Sebastian no se había molestado en acercarse a ella?

Mientras ascendía por la carreterita, tuvo que pisar a fondo los frenos al paso de un semental negro, montado por un hombre moreno, con el pelo al viento, fundidos como un relámpago de potencia y velocidad.

Mel se quedó boquiabierta, convencida de que no habría en la historia de la mitología centauro tan magnífico como el que acababa de ver.

Luego, cuando el eco del caballo se alejó, Mel arrancó el coche de nuevo y el ruido quejoso del motor la devolvió a la realidad.

Tal como esperaba, encontró a Sebastian en el establo, desmontando a Eros. De pie, conservaba la misma aura majestuosa y mística.

—Bonito día para cabalgar —lo saludó Mel.

—Lo son la mayoría —respondió él, sonriente—. Perdona que no te haya saludado antes, pero odio detener a Eros cuando va embalado.

—No importa —dijo Mel—. Sólo pasaba unos minutos para aclarar las cosas.

—Creo que podré dedicarte algo de tiempo —contestó Sebastian mientras limpiaba los cascos de Eros—. ¿Has visto a Rose?

—Sí, vengo de su casa. Me ha dicho que le habías regalado un barquito de vela a David.

—Pensé que lo ayudaría a no estar tan desconcertado tener algo que le resulte familiar de las semanas que ha pasado fuera.

—Es... un detalle.

—Tengo mis momentos —comentó él mientras limpiaba la otra pata al animal.

—También me dijo que no quisiste cobrarles —añadió Mel.

—Creo haber señalado que no me falta dinero.

—Lo sé —Mel se apoyó en la valla y acarició las crines de Eros, un espécimen tan estupendo como su dueño—. He estado investigando. Parece que has colaborado con la policía en varias ocasiones. Lo de Chicago... ¿fue muy duro?

Advirtió el cambio en la expresión de Sebastian. Era evidente que no conseguía olvidarse de sus casos en un par de días.

—Sí. Y un fracaso.

—Pero ayudaste a encontrar al asesino, ¿no? Lo detuvisteis.

—Perder cinco vidas no es lo que yo llamo un éxito —repuso él tras terminar con Eros.

—Se perdieron cinco vidas, sí; ¿pero sabes cuántas se salvaron?

—No, aunque te agradezco que lo enfoques desde esa perspectiva — dijo Sebastian—. Venga, vamos a casa — insistió a continuación.

Prefería seguir al aire libre, donde había espacio suficiente para maniobrar. Pero le pareció un signo de debilidad negarse a entrar con él.

—Quiero hablarte de una cosa.

—Ya imagino. ¿Has cenado?

—No.

—Bien, entonces hablaremos mientras cenamos.

Subieron las escaleras, pasaron el salón y entraron en la cocina, elegante como las de una revista de moda. Sebastian abrió la nevera y sacó una botella de vino.

—Tengo que limpiar un poco, pero siéntate —le corrió una silla y, después de descorchar la botella, le sirvió una copa y la dejó al alcance de Mel—. Sírvete, estás en tu casa.

—Gracias.

Nada más salir Sebastian de la cocina, Mel se levantó de la silla y empezó a inspeccionar. Por curiosidad. Nada como echar un vistazo a la casa de alguien para conocer su personalidad. Y Mel deseaba conocer la de Sebastian desesperadamente.

La cocina estaba impecable, no había una mota de polvo y los platos estaban ordenados por forma y tamaño. La pieza no olía a desinfectante, sino a... aire fresco del campo, decidió.

Había varios botes con hierbas aromáticas frente a la ventana, sobre el fregadero. Mel las olfateó y encontró su aroma agradable y misterioso.

Abrió un cajón al azar y halló más utensilios de cocina, todos alineados.

Cuando sintió los pasos de Sebastian, volvió a tomar asiento. Se había cambiado. Ahora llevaba unos vaqueros negros y una camisa, también negra, arremangada hasta los codos. Estaba descalzo.

— ¿Confías en mí? —le preguntó Sebastian después de servirse una copa de vino y brindar con la de ella.

—¿Qué?

—Para elegir el menú —explicó sonriente.

—Por supuesto. Yo como de todo —repuso ella—. ¿Vas a cocinar? — añadió al ver que Sebastian empezaba a sacar sartenes y cacerolas.

—Sí, ¿por qué?

—Pensaba que encargarías algo por teléfono.

—Me gusta cocinar —la informó él mientras se pertrechaba de ingredientes—. Me relaja.

—¿Te ayudo? —se ofreció Mel.

—Tú no cocinas.

—¿Cómo lo sabes? —preguntó ella, alzando una ceja.

—Eché un vistazo a tu cocina. ¿Te gusta el ajo?

—Sí

—¿De qué querías que habláramos?

—De un par de cosas —repuso Mel mientras se acodaba en la mesa. Jamás habría imaginado que disfrutaría viéndolo cocinar—. Las cosas han salido como deben para Rose, Stan y David... ¿Qué es eso que estás echando?

—Romero.

—Huele bien —dijo ella. Igual que Sebastian, pensó. Ya no despedía el sudor fragante y masculino del establo, sino una fragancia fresca, igualmente salvaje y sexy—. Pero el señor y la señora Frost lo estarán pasando fatal.

—Cuando alguien gana, alguien suele perder —comentó Sebastian mientras mezclaba el ajo y el romero con unos tomates.

—Ya lo sé. Hemos hecho lo que debíamos, pero aún no hemos terminado.

Sebastian colocó unas pechugas de pollo en una sartén y miró de reojo a Mel.

—Sigue hablando.

—No hemos cazado al culpable,

Donovan. Al que lo organizó todo. Hemos recuperado a David, que era lo más importante, pero no hemos terminado. No es el único bebé que ha sido secuestrado.

—¿Cómo lo sabes?

—Es lógico. Una red tan compleja no se organiza para robar a un sólo bebé.

—Cierto —Sebastian echó un poco de vino al pollo.

—Se trata de una operación muy delicada. Tiene que haber algún abogado que tramite los papeles de la adopción. Quizá un médico también. Al menos alguien que realice pruebas de fertilidad. He investigado y los Frost tienen todo tipo de pruebas de fertilidad.

—Supongo que el FBI también habrá investigado.

—Seguro. Pero quiero acabar lo que he empezado. Hay un montón de parejas deseando formar una familia. Harán cualquier cosa: controlarán su vida sexual, la alimentación, hasta bailarán desnudos bajo la luna si creen que conseguirán algo. Y pagarán, pagarán para hacerse operaciones de fertilidad, pruebas. Y si nada de eso funciona, pagarán por un bebé —comentó Mel—. Normalmente acudirán a una agencia de adopción respetable, el bebé no deseado conseguirá un hogar feliz, la madre biológica seguirá con su vida y los padres adoptivos cumplirán con su sueño. Pero siempre hay algún miserable que se aprovecha e intenta enriquecerse a costa de la desgracia ajena.

—¿Te importa poner un par de platos en la mesa? Te escucho.

—Sí —dijo Mel—. Es a este miserable al que tenemos que atrapar. No tardarán en detener a James, pero él no es el pez gordo. Sólo un idiota que intentó sacar dinero rápido para pagar una deuda. Es un don nadie —añadió mientras colocaba platos, cubiertos y servilletas de acuerdo con las indicaciones de Sebastian.

—Hasta aquí, totalmente de acuerdo. Sentémonos.

—El FBI tratará de sonsacarle la información que tenga, pero no es probable que quieran compartirla con una detective privada.

—No —convino Sebastian mientras servía el pollo.

—Pero a ti sí te mantendrían al corriente. Te lo deben.

—Puede.

—Te darían una copia de la declaración de James. Quizá hasta te dejen hablar con él. Si dijeras que sigues interesado en el caso, no te pondrían ningún obstáculo.

—De acuerdo —Sebastian probó la cena y le pareció exquisita—. Usaré todos los contactos que tenga a mi disposición.

—Gracias —dijo Mel, sonriente—. Te debo una, de verdad.

—No, no lo creo. No cuando oigas mis condiciones: trabajaremos juntos...

—Mira, Donovan, agradezco la oferta, pero yo trabajo sola —rehusó Mel—. Tu estilo, todo eso de las visiones, me pone nerviosa.

—Estamos empatados. Tu estilo, todo eso de las pistolas, me pone nervioso. Así que nos aguantamos, trabajamos juntos y soportamos nuestras... excentricidades. Después de todo, lo que importa es el objetivo, ¿no?

—Sí, pero... —Mel se quedó pensativa—. Si acordáramos trabajar juntos, sólo por esta vez. Y tendríamos que sentar ciertas reglas —añadió, al tiempo que se llevaba un trozo de pollo a la boca.

—Sin duda.

—Oye, esto está muy rico —Mel probó otro bocado—. Realmente rico.

—Me halagas.

—En serio... —se echó a reír y se encogió de hombros—. No sé, supongo que imaginaba que una buena cena requería mucho trabajo. Y esto ha sido muy sencillo. Mi madre trabajaba de camarera. Encargaba la comida antes de volver a casa, pero no estaba tan rica.

—¿Tu madre está bien?

—Sí, la semana pasada recibí una postal suya desde Nebraska. Le gusta mucho viajar.

—¿Y tu padre?

—No lo recuerdo —respondió con una veta de tristeza en la voz.

—¿Qué le parece a tu madre que seas detective?

—Le parece emocionante. ¿Y los tuyos? —Mel dio un sorbo de vino—. ¿Cómo llevan que seas el mago de Monterrey?

—No creo que ese sea el término —repuso Sebastian—. Pero les gusta que siga la tradición familiar.

—¿Qué pasa?, ¿formáis un aquelarre?

—No —contestó él, sin ofenderse—. Formamos una familia.

—No me habría creído nada si no... Bueno, estaba ahí. Pero eso no quiere decir que me lo trague todo —Mel lo miró con cautela, calculadora—. He estado leyendo sobre este tema y hay científicos que creen en los fenómenos parapsicológicos.

—¡Qué alivio!

—No te burles —dijo ella—. A lo que voy es que no comprenden del todo la mente humana. Eso es lógico. Pero no significa que den crédito a la brujería, a las profecías y a todas esas cosas.

—A ver —Sebastian le agarró una mano—, nací con sangre de elfo. He heredado mis poderes. En mi familia somos brujos desde hace siglos. Mi poder es profetizar, ver, leer el pensamiento. No es algo que pidiera, pero lo poseo. Esto no tiene nada que ver con la lógica ni con la ciencia. Es mi legado. Mi destino.

—Vaya —Mel se aclaró la garganta—. He leído que hay estudios sobre telequinesis y telepatía...

—¿Quieres pruebas, Mel?

—No... sí. Quiero decir, si vamos a trabajar juntos, me gustaría saber el alcance de tu... talento.

—Muy bien. Piensa en un número del uno al diez. El seis —dijo Sebastian antes de que ella pudiera abrir la boca.

—No estaba preparada.

—Pero es el primer número que ha pasado por tu cabeza.

—No estaba preparada —repitió Mel, aunque era cierto que Sebastian había acertado—. ¿Y ahora?

Era buena, muy buena, pensó él. Estaba empleándose a fondo para bloquearlo...

—El tres.

—De acuerdo. ¿Cómo lo has hecho?

—Ha pasado de tu cabeza a la mía —Sebastian le besó las puntas de los dedos—. A veces son palabras, a veces imágenes, a veces sentimientos que no se pueden describir. Ahora te estás preguntando si no has tomado demasiado vino, porque tu corazón late muy rápido y sientes que algo te da vueltas en la cabeza.

—A mí cabeza no le pasa nada —Mel retiró la mano—. Aunque estaría mejor si no la invadieras. Siento...

—Sí —dijo Sebastian—. Sé que me sientes. Es muy raro, no siendo familiar mío. Tienes potencial, Sutherland. Si estás interesada en desarrollarlo, estaré encantado de ayudarte.

—No, gracias. Prefiero seguir como hasta ahora —rechazó Mel—. No me gusta que nadie lea mis pensamientos. Si vamos a trabajar juntos, esa es la regla número uno.

—De acuerdo, no miraré en tu cabeza a no ser que me lo pidas — prometió él.

—Y tenemos que compartirlo todo.

—Estoy contigo —afirmó Sebastian con una sonrisa pícara—. Hace tiempo que quiero compartir...

—Seamos profesionales.

—¿Compartir una cena es profesional?

—Ya sabes a qué me refiero. Lo que digo es que una cosa es fingir que somos una pareja casada que quiere adoptar un bebé y otra que luego...

—Crucemos la famosa línea —completó Sebastian—. Entiendo. ¿Tienes algún plan?

—Bueno, ya digo que no estaría mal que el FBI nos echase una mano.

—Eso déjalo de mi cuenta.

—Si ellos nos respaldan, podremos conseguir los papeles necesarios para fingir otra identidad —dijo Mel, animada—. Tenemos que captar la atención de la organización, así que debemos tener dinero. Y deberíamos apuntarnos en la lista de espera de varias agencias de adopción. Tenemos que conseguir informes médicos de esterilidad.

—De acuerdo.

—¿Te ayudo con los platos? —se ofreció Mel, excitada, llevando la vajilla al fregadero.

—Déjalos.

—Tú has cocinado —insistió ella—. Y por el aspecto que tiene tu cocina, no eres el tipo de hombre que deja los platos sin fregar.

—Soy impredecible —repuso Sebastian. Se había levantado y ya estaba pegado a la espalda de ella, acariciándole los hombros.

—Aunque quizá tengas contratados a algunos elfos para que se ocupen de las labores domésticas —murmuró Mel.

—No empleo a ningún elfo —contestó él mientras la masajeaba—. Te estás poniendo tensa. Durante la cena has estado muy relajada. Hasta me has sonreído varias veces, lo cual es una grata novedad.

—No me gusta que la gente me toque —se defendió Mel. Pero no se retiró.

—¿Por qué? Sólo es una forma de comunicarse. Hay muchas: la voz, la mirada, los gestos de las manos... Tocarse no tiene por qué ser peligroso.

—Puede serlo.

—Pero tú no eres cobarde —la retó Sebastian—. Una mujer como tú afronta los riesgos con decisión —añadió, girándola para mirarla a la cara.

—He venido para hablar contigo —dijo ella, alzando la barbilla.

—Y hemos hablado —respondió Sebastian, susurrando a escasos centímetros de sus labios.

Se negaba a que la sedujeran. Era una mujer adulta, a ella nunca le habían gustado esos juegos. Colocó una mano en el pecho de Sebastian, pero no llegó a empujarlo.

—No he venido a jugar.

—Es una pena. Me gustan los juegos —Sebastian le rozó la barbilla con la boca—. Pero podemos dejarlos para otra ocasión.

—Mira, puede que me sienta atraída hacia ti, pero no significa... nada —se resistió Mel, casi sin aliento.

—Claro que no. Tienes una piel muy delicada, Mary Ellen. Es como si fueras a hacerle un moretón de lo fuerte que te late el pulso.

—Eso es ridículo.

Sebastian introdujo las manos bajo la camisa de Mel, cuyo gemido fue una mezcla de placer y protesta.

—Se me está acabando la paciencia —murmuró él con voz seductora—. Venga, sé que lo estás deseando.

—Yo no he venido aquí a esto —dijo Mel. Sin embargo, le había rodeado por el cuello y estaba jugueteando con el pelo de su nuca—. Tengo que pensármelo. Podríamos equivocarnos —añadió mientras acercaba la boca hacia los labios de Sebastian.

—No me gusta equivocarme —dijo este mientras la agarraba por debajo de las caderas, al tiempo que Mel le rodeaba la cintura con las piernas—. Y no estamos equivocándonos...

—Ya veremos —susurró Mel mientras él la sacaba de la cocina—. No quiero que esto arruine lo otro. Quiero acabar con la red de secuestradores. No quiero estropearlo todo por...

—Te deseo —la cortó Sebastian, ahogando sus palabras con un beso—. Lo uno no tiene que ver con lo otro —añadió después, con la respiración entrecortada.

—Podría —susurró ella mientras Sebastian la llevaba al dormitorio—. Estamos cruzando la línea...

—De acuerdo —Sebastian cerró la puerta con el pie—. Rompamos algunas reglas.

Ocho

Nunca había sido temeraria. Sí había tomado ciertos riesgos, pero siempre sabiendo las consecuencias. Ahora no podía imaginar lo que podría ocurrir. Pero el instinto la impulsaba. Aunque la cabeza le recomendaba que echara a correr, algo la obligaba a permanecer junto a Sebastian.

Seguía abrazada a él, con el corazón palpitante. No era timidez lo que la retraía. Nunca se había considerado muy sexy ni demasiado atractiva, de modo que no creía tener motivos para sentir dicha timidez.

Lo miró a la cara y vio justo lo que deseaba. Luego sonrió mientras él la posaba en el suelo, de pie contra la cama. Sebastian movía las manos lentamente entre sus muslos, por las caderas, por los flancos de sus pechos, por el cuello. Le acarició el pelo y aplastó la boca contra la de ella.

Estaban tan apretados que Mel notaba cada centímetro de su cuerpo. Tuvo la sensación de que Sebastian ocultaba a un lobo, deseoso de liberarse. Pero era su boca, insaciable, posesiva, la que la volvía loca. Dudas y deseos, temores y anhelos. Sucumbió.

Notó que Mel se había rendido y cuando esta separó los labios, la buscó como un hombre hambriento y desesperado, como un semental enardecido por el olor de su pareja.

Echó la cabeza atrás y Mel vio sus ojos, negros como la noche, repletos de deseos y necesidades apremiantes. Y de poder. Tembló, de miedo y placer.

Sebastian le desgarró la camisa y de nuevo estrelló los labios contra su boca. Incluso mientras caían en la cama, siguió tocándola por todas partes, rozándola y atormentándola.

Mel le agarró la camisa y la desabrochó hasta poder sentir su pecho con las manos. Dejó escapar un suspiro de placer.

Le dio un poco de tiempo para pensar, pero, viendo que Mel no se arrepentía, la condujo hacia una tormenta de truenos y relámpagos y vientos aullantes. Ella sabía que era algo físico, que no había nada mágico en la destreza de sus manos ni el sabor de su boca. Pero parecía magia, un poder extraordinario que sólo estaba empezando.

La poseyó en estampida, provocando placeres inenarrables. Mel oyó un susurro en una lengua incomprensible. ¿Sería una promesa de amor? Aceptó con regocijo cada caricia, suave o ruda, cada beso y cada arremetida de su lengua.

Sebastian la veía como a una diosa guerrera, preparada para la batalla. Era ágil como la mejor de sus fantasías, daba respuesta a todos sus deseos. Oyó el aliento agitado de Mel, sintió sus uñas clavándosele en la espalda mientras su cuerpo se estremecía por el clímax al que la había llevado.

Aumentó entonces el ritmo de sus arremetidas sin dejar de saborearla, acariciarla, apretarla, hasta hacerla susurrar su nombre en un gemido extasiado.

Cuando Mel lo rodeó con los brazos, víctima de los primeros espasmos, Sebastian supo que a veces bastaba con dar rienda suelta al corazón para crear magia entre un hombre y una mujer.

Creía estar oyendo música, agradable, relajante. La música de su corazón. Mel no sabía cómo se le había ocurrido una idea así, pero la hizo sonreír.

Luego se dio media vuelta. No encontró a nadie.

Se incorporó de golpe, en la oscuridad. Aunque la noche era oscura, sabía que estaba sola en el dormitorio. En el dormitorio de Sebastian. Porque aquello no había sido un sueño.

Encendió la lámpara de la mesilla y se cubrió los ojos hasta que se hubieron adaptado a la claridad.

No lo llamó. La habría hecho sentirse tonta. Salió de la cama, encontró la camisa de Sebastian arrugada en el suelo y siguió la música.

No procedía de ningún lugar en concreto. Aunque era suave como un susurro, parecía rodearla por todas partes. No distinguía si oía voces, o quizá cuerdas y flautas. Simplemente, era un sonido, una melodiosa vibración del aire, extraña y bella a un tiempo.

Avanzó guiada por su instinto, recorriendo un pasillo que torcía hacia la izquierda y daba a un tramo de escaleras. Vio entonces el brillo de un candelabro, un destello etéreo cuya intensidad aumentaba a medida que subía. Y olió a cera derretida. Y a sándalo.

No era consciente de que estaba conteniendo la respiración cuando se detuvo bajo el dintel y miró.

La pieza era pequeña, las paredes eran de madera y estaban adornadas por la mística luz de docenas de velas. Había tres ventanas con forma de luna creciente. Mel recordó haberlas visto desde fuera y supo que estaban en la parte más alta de la casa, pegando con los acantilados y el mar.

El cielo titilaba constelado y acariciaba con su frescura. Había sillas y mesas. Todas parecían pertenecer a un castillo del medievo, antes que a una casa moderna. Sobre ellas vio bolas de cristal, espejos de plata, varas y copas con incrustaciones brillantes.

Ella no creía en la magia, pero estando allí de pie, a la entrada de esa habitación, sintió que el aire estaba vivo, como si tuviera mil corazones.

Y supo que en el mundo que creía conocer, había más misterios de los que jamás había imaginado.

Sebastian estaba sentado en el centro de la pieza, en el medio de una estrella de cinco puntas, sobre el suelo. Le daba la espalda y estaba muy quieto. Mel sintió una curiosidad arrebatadora, pero descubrió algo más fuerte todavía: el deber de no invadir la intimidad de Sebastian.

—No quería despertarte —le dijo este cuando ya se retiraba Mel.

—No lo has hecho —repuso ella, jugando con uno de los botones de la camisa—. Ha sido la música. O quizá me he despertado y al oírla me he preguntado... de dónde venía —añadió, mirando en derredor, sin alcanzar a ver ningún equipo de alta fidelidad.

—Es la noche —Sebastian se puso de pie. Estaba desnudo y, aunque Mel nunca se había considerado remilgada, no pudo evitar sonrojarse ante la contemplación de su cuerpo.

—Suelo ser cotilla, pero no pretendía interrumpirte.

—No lo haces —Sebastian dio un paso hacia ella—. Necesitaba despejar la cabeza y no podía hacerlo cerca de ti —añadió, para besarle a continuación la palma de la mano.

—Supongo que debía haberme marchado a casa.

—No —replicó él mientras se inclinaba para darle un beso dulce y fugaz—. De verdad.

—Yo... —Mel se echó un poco hacia atrás—, no suelo hacer estas cosas.

Parecía tan joven y frágil, de pie con la camisa de él, despeinada después de haber hecho el amor y de dormir...

—¿Te importa si te digo, ya que has

decidido hacer una excepción conmigo, que lo has hecho muy bien?

—No tienes que decirlo. Pero te lo agradezco —contestó ella, sonriente—. ¿Sueles sentarte desnudo en el suelo, rodeado de velas?

—Cuando me lo pide el alma.

Ya más relajada, empezó a moverse por la habitación. Se detuvo frente a un espejo que parecía tener siglos.

—¿Todo esto sirve para hacer magia?

—Se dice que ese espejo perteneció a Ninian.

—¿A quién?

—Sutherland, tienes algunas lagunas en tu educación. Ninian fue una hechicera. Cuentan que hizo prisionero a Merlin en una cueva de cristal.

—¿Sí? —Mel dejó el espejo y agarró una esfera de cuarzo—. ¿Y para qué usas todo esto?

—Me divierte —contestó Sebastian. Él no necesitaba espejos ni bolas mágicas para ver. Sólo las conservaba por tradición familiar y cierto sentido estético.

Miró a Mel y le hizo gracia la atención con que lo escudriñaba todo. Quería darle algo, hacerle un pequeño regalo. No había olvidado la tristeza que había ensombrecido sus ojos al contarle que no recordaba a su padre.

—¿Te gustaría ver? —le preguntó.

—¿El qué?

—Ver —dijo Sebastian, acercándose a ella—. Acércate —añadió mientras agarraba la esfera de cuarzo y conducía a Mel al centro de la habitación con la otra mano.

—No creo que...

—Arrodíllate —atajó él—. ¿Pasado o futuro?, ¿qué prefieres?

Mel soltó una risilla nerviosa mientras se arrodillaba y preguntó:

—¿No deberías llevar un turbante?

—Usa tu imaginación —repuso Sebastian—. El pasado. Creo que prefieres encargarte del futuro por tu cuenta.

—Eso es cierto, pero...

—Pon las manos sobre la esfera. No hay nada que temer.

—No tengo miedo —aseguró Mel, aunque suspiró intranquila—. Esto sólo es una bola de cuarzo. Nada más —

murmuró mientras la tocaba. Sebastian puso las manos sobre las de ella y sonrió.

—Mi tía Bryna, la madre de Morgana, me regaló esta esfera en mi bautizo. Para mí fue un entrenamiento, como aprender a montar en bici.

—Yo tenía un juego de magia. Había una bola a la que había que hacerle preguntas. Luego tenías que agitarla y aparecía una respuesta —recordó Mel—. Normalmente decía: pregunta confusa, pruebe de nuevo.

Sebastian sonrió. Lo enternecían los nervios de Mel.

—Mira dentro —le dijo mientras notaba la llamada de su Poder—. Y ve.

Se sintió obligada a obedecer. Al principio sólo vio la esfera en sí, pero poco a poco fueron apareciendo sombras, y más sombras, formas que iban adquiriendo color.

—Oh —suspiró Mel sin soltar la esfera.

—Mira —repitió Sebastian, cuya voz sonó dentro de la cabeza de ella—. Con el corazón.

Primero vio a su madre, joven, muy joven y muy bonita. No era el maquillaje lo que la embellecía, sino la risa que la iluminaba. El pelo, rubio, le llegaba a los hombros. Estaba junto a un hombre apuesto, de uniforme blanco, con una gorra de marinero calada en la cabeza.

El hombre sujetaba a una niña de unos dos años, que lucía un vestido rosa, calcetines blancos y zapatos negros.

«No es una niña cualquiera», pensó Mel con el corazón en la garganta. «Esta niña soy yo».

Al fondo había un barco grande y gris. Una orquesta tocaba una marcha militar y una muchedumbre se agolpaba por los alrededores. No podía oír palabras, pero sí sonidos.

Vio al hombre lanzarla al aire, vio a la niña riendo y sintió su amor, su confianza e inocencia. Él la miraba orgulloso y emocionado. La recogió con seguridad. Olió su loción de afeitar.

Luego vio a sus padres besándose, muy dulcemente. Luego el joven se despedía, se echaba el petate al hombro y se encaminaba hacia el barco.

La esfera se oscureció.

—Mi padre —dijo Mel, asombrada—. Era mi padre. Él... era de la Marina. Quería conocer mundo. Ese día se fue de Norfolk. Yo sólo tenía dos años, no lo recuerdo. Mi madre dice que fuimos a despedirlo y que lo notó conmovido... Pocos meses después se desató una tormenta en el Mediterráneo, desapareció en el mar. Sólo tenía veintidós años, un niño en realidad. Mi madre tiene fotos, pero no es lo mismo... Tengo sus ojos, nunca me había dado cuenta —añadió con la voz quebrada.

—No te lo he enseñado para entristecerte, Mary Ellen —dijo Sebastian, acariciándole el pelo.

—No estoy triste. Pero me da pena —replicó ella tras suspirar—. Me da pena no acordarme de él. Me da pena que mi madre sufra tanto porque se acuerda demasiado de él. Y me alegro mucho de haberlo visto; de habernos visto juntos, los tres felices, aunque sólo sea una vez. Gracias.

—Es un regalo pequeño después de lo que me has dado esta noche.

—¿Qué te he dado? —preguntó ella mientras Sebastian se levantaba para devolver la esfera de cuarzo a su sitio.

—Tú te me has dado.

—Bueno... —Mel se aclaro la garganta al tiempo que se ponía de pie— . No sé si expresarlo así.

—¿Y cómo lo expresarías?

—No lo sé exactamente —lo miró a los ojos y sintió un revoloteo en el estómago—. Los dos somos adultos.

—Sí —Sebastian dio un paso hacia ella.

—Sin compromisos.

—Eso parece.

—Responsables.

—Es maravilloso —dijo él mientras deslizaba los dedos por el cabello de Mel—. Quería verte a la luz de las velas, Mary Ellen.

—No empieces con esas.

—¿Con qué?

—No me llames Mary Ellen. Y no empieces con todas esas cursilerías.

—¿Estás en contra del romanticismo? —Sebastian la miró a los ojos mientras paseaba un dedo por el cuello de Mel.

—No estoy en contra —repuso esta—. Pero no lo necesito. No sé qué hacer con él. Y creo que nos irá mejor si aclaramos nuestra situación.

—¿Y en qué situación estamos? —preguntó él, rodeándola por la cintura.

—Como digo, somos adultos responsables, sin compromisos. Y nos atraemos.

—De momento estoy de acuerdo en todo —murmuró Sebastian mientras le daba un beso en la sien derecha.

—Y mientras seamos capaces de mantener esta relación sin perder el juicio...

—Puede que eso sea más complicado.

—No veo por qué.

—No sé tú —Sebastian alzó las manos y le apretó los pezones con los pulgares—. Pero yo no me siento especialmente juicioso.

—Sólo es cuestión de... establecer prioridades —repuso Mel, temblorosa.

—Yo sé mis prioridades —le separó los labios con la lengua—. Y en lo más alto de la lista está hacer el amor contigo.

—De acuerdo —Mel se dejó empujar

mientras él la tumbaba en el suelo—. Empezamos bien.

Después de marcharse de casa de Sebastian a las diez de la mañana, y después de trabajar durante el resto de la mañana y buena parte de la tarde, estaba a punto de dar la jornada por concluida.

Ella nunca incumplía su agenda. Claro que tampoco había tenido nunca una aventura con ningún parapsicólogo. Era evidente que era un mes novedoso.

De no haber tenido una cita, papeleo pendiente y una audiencia en un juzgado, quizá se habría quedado en casa de Sebastian. Este, desde luego, había hecho todo lo posible por disuadirla, recordó Mel con una sonrisa pícara.

Sin duda, ese hombre tenía mucho poder.

Pero el deber era el deber, se recordó. Y tenía un trabajo que atender.

La mejor noticia del día fue que la policía de New Hampshire había detenido a James T. Parkland. Un agente le había mandado por fax una copia de la declaración que había hecho, en la que afirmaba haber participado en el secuestro para satisfacer una deuda que había contraído con el dueño de un casino, al que esperaba acabar encarcelando lo antes posible.

—¿Trabajas? —le preguntó de pronto Sebastian, tras abrir la puerta del despacho.

—En realidad ya estaba terminando —respondió Mel, sonriente.

—Entonces llego en buen momento. ¿Y esto? —Sebastian la invitó a que se levantara, tomándola por una mano, y examinó la chaqueta naranja que Mel lucía.

—Tengo que presentarme en un juzgado —explicó esta mientras él jugaba con el collar que le adornaba el cuello—. Un caso de divorcio. Desagradable. Quiero parecer lo más femenina posible.

—Lo has conseguido.

—Decirlo es fácil. Cuesta mucho más vestirse como una dama elegante que como una persona normal —Mel apuntó hacia el fax que había recibido—. Me ha llegado una copia de la declaración de Parkland.

—Lo han cazado rápido.

—Como ves, es un tipo patético. Estaba desesperado. No pretendía hacer daño a nadie. Tenía deudas. Su vida corría peligro —dijo Mel— . Me sorprende que no se haya quejado del trauma que le causó su padre por no regalarle un cochecito de juguete en navidades.

—Patético o no, pagará por lo que ha hecho.

—Dice que recibió la oferta por teléfono... ¿Te apetece algo?

—Ehhh... —vaciló Sebastian mientras leía la declaración de James y Mel abría la nevera.

—Le dieron cinco mil dólares por secuestrar a un niño. Una birria para la sentencia que le va a caer —dijo Mel, al tiempo que le ofrecía un refresco—. O sea, que debe trescientos cincuenta dólares a un casino y sabe que si no paga le van a dejar la cara como un cromo. ¿Solución? Secuestra a un niño y asunto arreglado —añadió con indignación.

—¿Por qué a David? —preguntó mientras la seguía a una pieza adjunta.

—James llevó a arreglar su coche

hace cinco meses. Y Stan estaba tan contento y orgulloso de David, que no paraba de enseñar su foto a todos los clientes de su taller. Cuando James decidió que raptar a un niño era mejor a que le cruzaran la cara, supuso que el hijo de un mecánico era un buen candidato.

—¡Ahá! —Sebastian se frotó la barbilla mientras observaba el dormitorio de ella. Dedujo que era el dormitorio porque había una cama ancha, sin hacer, en medio. Pero también parecía un salón, pues había una silla repleta de libros, un televisor portátil y una lámpara con forma de pez—. ¿Aquí es donde vives?

—Sí —respondió Mel mientras pateaba un par de botas que había en el suelo—. El caso es que Parkland acepta el trabajo, recibe las instrucciones del señor X por teléfono, se encuentra con la pelirroja en el punto de encuentro estipulado e intercambia a David por un sobre de dinero.

—¡Qué barbaridad!, ¿cómo puedes mezclar el naranja y el morado en una misma habitación? —comentó Sebastian de pronto.

—Me gustan los colores brillantes —se defendió Mel—. El caso es que...

—Y sábanas con franjas rojas.

—Estaban de oferta. ¿Me estás escuchando? —replicó ella, impaciente—. ¿O prefieres dar una conferencia sobre decoración?

—No hace falta, aunque es evidente que no eres una maniática del orden —observó Sebastian mientras miraba el interior de una maceta, en la que había dos botones, un clip, una bala del calibre veintidós y una chapa de uno de los refrescos de los que parecía alimentarse Mel.

—Agoto mi capacidad organizativa en el trabajo.

—¡Vaya! —exclamó Sebastian al ver el título de un libro—. ¿Manual de Psiquiatría?

—Lo saqué de la biblioteca hace un par de semanas.

—¿Qué te parece?

—No tiene nada que ver contigo.

—Estoy seguro —dijo él, devolviendo el libro a la pila en que lo había encontrado—. Pero esta habitación sí tiene mucho que ver contigo. Igual que la que usas como despacho. Tu cabeza es tan disciplinada como los archivadores donde guardas los informes de tus casos.

No sabía si tomárselo como un halago, pero el brillo que notó en los ojos de Sebastian no le agradó:

—Mira, Donovan...

—Tus emociones, en cambio —prosiguió este—, son caóticas, muy coloridas.

—Estoy intentando mantencr una conversación de negocios —dijo Mel cuando Sebastian empezó a juguetear con su collar.

—¿No decías que ya habías terminado de trabajar?

—No tengo un horario fijo.

—Yo tampoco —Sebastian le desabrochó un botón de la chaqueta—. No he hecho otra cosa que pensar en hacerte el amor desde que hemos dejado de hacer el amor.

—Donovan... —protestó ella sin demasiada convicción.

—He hecho unas gestiones que te van a gustar. Profesionalmente.

—¿Qué gestiones? —dijo Mel, girando la cabeza, justo a tiempo para esquivar un beso.

—He charlado con el agente Devereaux y su superior.

—¿Cuándo? —preguntó ella, asombrada, tratando de zafarse de Sebastian—. ¿Qué te han dicho?

—Digamos que la cosa está caliente. Va a ser cosa de un par de días. Tienes que tener paciencia.

—Quiero hablar con él en persona. Creo que debería...

—Mañana, pasado como mucho —la interrumpió Sebastian mientras le agarraba las muñecas con una mano, como si estuviera esposándola—. Lo que va a pasar, pasará. Dentro de poco. Sé cuándo y dónde.

—Entonces...

—Pero esta noche es para nosotros.

—Dime...

—Te voy a demostrar lo fácil que es no pensar en nada más que hacer el amor, no sentir más deseos que ese —murmuró, mordisqueándole los labios—. Antes no he sido delicado contigo.

—No importa.

—No es que me arrepienta —dijo Sebastian, repasándole el labio inferior con la lengua—. Pero viéndote con este traje tan elegante me entran ganas de tratarte como a una dama distinguida... hasta volverte loca.

—Creo que tú ya lo estás —repuso Mel, sonriendo sin interrumpir apenas el beso.

Sebastian le quitó la chaqueta con la mano que no tenía ocupada sujetándole las de ella por la espalda. Luego, mientras seguía explorando con la lengua el interior de su boca, deslizó los dedos sobre la blusa colorida y la lencería que llevaba debajo.

Mel estaba temblando. Le parecía ridículo que Sebastian la mantuviera esposada, pero había algo excitante en que la estuviese tocando así, despacio, centímetro a centímetro, a conciencia.

Notó su aliento mientras él le abría la blusa. Luego sintió su lengua sobre los pechos y creyó estar flotando mientras dejaba que Sebastian la saborease, como si fuese el manjar más exquisito.

Introdujo la mano bajo la falda y

empezó a subir para desabrocharle el enganche del liguero.

—No me lo esperaba, Mary Ellen —susurró él mientras su mano operaba con habilidad.

La tumbó de espaldas sobre la cama, obligándose a no apresurarse. ¿Cómo podía haber supuesto que ver a esa mujer en liguero iba a hacer añicos su temple?

Quería devorarla, conquistarla, poseerla.

Pero le había prometido ternura y delicadeza.

Se cernió sobre su cuerpo, bajó la boca hacia la de ella y fue fiel a su palabra.

Tenía razón. Mel comprendió que Sebastian había tenido razón al decirle lo fácil que era no pensar sino en hacer el amor, en tocarlo y besarlo.

Estaba estremecida, acunada en el seno de su dulzura, con el cuerpo despierto, sensible al menor roce, gozando de la satisfacción de saberse deseada.

Sebastian la saboreó, la exploró y le enseñó secretos sobre ella misma. La urgencia tumultuosa que los había arrastrado la noche anterior se había tornado en una pasión lánguida, suave y duradera.

Y cuando notó el corazón azotándole el pecho, cuando oyó el aliento entrecortado de Sebastian, comprendió que él también estaba seducido por lo que estaban compartiendo.

Se abrió a él para acogerlo, calor con calor, pulso a pulso y, más tarde, mucho más tarde, cuando por fin se desplomó Sebastian, fue ella quien lo acunó entre sus brazos.

Nueve

—Estamos perdiendo el tiempo.

—Al contrario —repuso Sebastian, detenido ante el escaparate de una tienda, observando la indumentaria de un maniquí—. Lo que estamos haciendo es fundamental para la operación.

—¿Ir de compras? —preguntó Mel con impaciencia—. ¿Todo el día?

—Mi querida Sutherland, me encanta cómo te sientan los vaqueros, pero necesitas más vestuario si quieres pasar por la esposa de un hombre de negocios adinerado.

—Ya me he probado ropa suficiente para vestir a tres mujeres durante un año.

—Me costó menos convencer al FBI

para que colaborase, de lo que me está costando convencerte a ti.

—Estoy cooperando. Llevo horas cooperando —se defendió Mel—. Sólo digo que ya es suficiente.

—No del todo —Sebastian apuntó hacia el vestido del escaparate—. Este es estupendo.

—Es de lentejuelas —objetó ella.

—¿Tienes reparos políticos o religiosos hacia las lentejuelas?

—No, es que no me va mucho ir brillando. Me siento como una idiota. Además, es muy corto —dijo Mel, apuntando hacia el bajo de la falda, que apenas llegaba a la mitad de los muslos—. No sé cómo me iba a sentir con él puesto.

—Creo recordar un conjunto que llevaste a un bar hediondo hace unas semanas.

—Es diferente. Estaba trabajando... Está bien, Donovan, tienes razón —concedió al ver la mirada divertida de Sebastian.

—Sé buen soldado —le hizo una caricia en la mejilla—. Entra y pruébatelo.

Gruñó, rezongó y refunfuñó, pero fue una buena soldado. Le importaba un comino la moda, tal como advirtió Sebastian, y se sentía más violenta que agradecida por contar con un armario que muchas mujeres habrían envidiado. Pero estaba decidida a meterse en su papel: llevaría las prendas que él había seleccionado y se olvidaría de que estaba espectacular con ellas puestas.

Luego, tan pronto como pudiera, volvería a ponerse sus vaqueros, sus botas y sus camisetas descoloridas. Y no le daría la menor importancia a no estar espectacular.

«Por las barbas de Merlín, estoy fatal», se dijo Donovan al verla salir del probador. Su madre le había dicho en una ocasión que el amor era más doloroso, más bello y más impetuoso cuando llegaba de modo inesperado.

¡Qué razón tenía!

Lo último que había esperado era sentir una atracción tan irresistible hacia una mujer como Mel. Era arisca, polémica, picajosa y radicalmente independiente. Cualidades poco seductoras para una mujer.

Pero también era cálida y generosa, leal y valiente, y sincera.

¿Qué hombre podía resisitirse a una mujer con un corazón de oro y un cerebro despierto? Sebastian Donovan no.

Le llevaría tiempo ganarse su favor del todo. No tenía que mirar para saberlo. Mel era muy cautelosa y, a pesar de su fachada dura, demasiado insegura para exponer su corazón sin estar segura de que cómo iba a ser tratado.

Pero no importaba, porque Sebastian tenía tiempo, y tenía paciencia. Si no miraba para asegurarse, era porque sería injusto para los dos. Y porque, en un rincón secreto de su corazón, tenía miedo de verla marchar.

—Ya me lo he puesto, ¿contento? —dijo Mel—. ¿Qué pasa?, ¿se me ha subido por detrás? —añadió al ver la cara de él.

—No, lo llevas muy bien. Y te sienta de maravilla —aseguró Sebastian—. Nada como una mujer bonita y esbelta vestida de negro para acelerarle el corazón a un hombre.

—Corta el rollo —espetó ella.

—Perfecto, perfecto —intervino la vendedora—. Te queda divino.

—Sí —convino Sebastian—. Está de ensueño.

—Tengo unas medias rojas de seda que le sentarían de maravilla.

—Donovan —Mel lanzó una mirada suplicante a Sebastian, pero este ya estaba siguiendo a la dependiente.

Media hora después, Mel salió de la tienda.

—Se acabó. Hemos terminado —sentenció esta.

—Una parada más.

—Donovan, no pienso probarme ni una prenda más. Antes me tiro a un pozo.

—No más ropa —le prometió él—. Y alegra esa cara. En dos semanas habrá terminado todo.

—¿Dos semanas? —preguntó Mel, excitada—. ¿Estás seguro?

—Llámalo intuición —Sebastian le apretó una mano con cariño—. Tengo el presentimiento de que vamos a desarticular esta red en poco tiempo.

—No me has llegado a decir cómo

has convencido al FBI para que nos dejen seguir adelante con esto —le recordó ella.

—Es una larga historia. Digamos que pedí unos favores y prometí algunas cosas.

Mel se detuvo frente a otro escaparate, no para examinar las prendas, sino porque quería elegir bien las palabras:

—Sé que no podría estar haciendo esto sin tu ayuda. Y sé que a ti no te va nada en esto en realidad.

—Me va lo mismo que a ti —respondió él—. Esto no te lo ha encargado ningún cliente, Sutherland. No vas a cobrarle a nadie.

—Eso no importa.

—No —Sebastian sonrió y le dio un beso en la frente—. A veces te comprometes porque piensas que merece la pena.

—Al principio creía que lo hacía por Rose —dijo Mel—. Y es verdad, pero también lo hago por la señora Frost. Todavía puedo oírla llorar cuando nos llevamos a David.

—Lo sé.

—Y no soy la buena samaritana —añadió, azorada.

—Lo sé —dijo él. Y volvió a besarla.

Reanudaron la marcha. Después de unos minutos en silencio, dio voz a una preocupación que llevaba rondándole la cabeza varios días:

—Cuando empecemos a fingir que somos un matrimonio, tendremos que convivir durante unos días.

—¿Te molesta?

—No... si a ti no te molesta —contestó Mel. Empezaba a sentirse como una idiota, pero quería que Sebastian la entendiera. Ella no era el tipo de mujer que mezclaba lo ficticio con lo real—. Fingiremos que estamos casados, que estamos enamorados y todo eso.

—Conviene estar enamorado cuando se está casado, sí.

—Exacto —Mel suspiró—. Sólo quiero que sepas que me meteré en mi papel. Y que lo haré bien. No debes pensar que...

—¿Qué no debo pensar? —la apremió Sebastian al dejar ella la frase suspendida.

—Bueno, me consta que algunas personas confunden la realidad y la fantasía. No quiero que te pongas nervioso pensando que eso me va a pasar a mí.

—Tranquila, creo que mis nervios podrán soportar que finjas estar enamorada de mí —repuso él con desenfado.

—Vale. Es que no quiero malentendidos.

—Creo que debemos practicar —dijo entonces Sebastian, agarrándola por la cintura de repente.

—¿Qué?

—Que deberíamos practicar —repitió él—. Para que sepamos que vamos a interpretar luego bien. Bésame, Mary Ellen.

—Estamos en la calle. Estamos en público.

—Mejor me lo pones. Cuando estemos a solas no será necesario fingir, ¿no? —replicó Sebastian—. Te estás poniendo roja.

—No es verdad.

—Por supuesto que sí, y tienes que tener cuidado con eso. No creo que debas ruborizarte porque te bese el hombre con el que llevas casada... ¿cuántos son?, ¿cinco años? Y, según la coartada que hemos preparado, ya habíamos vivido un año juntos antes. Tenías veintidós cuando te enamoraste de mí.

—Pero somos un matrimonio moderno y nos repartimos las tareas del hogar. Tú te encargas de la colada.

—Y tú has renunciado a tu carrera de ejecutiva para crear un hogar confortable.

—Odio esa parte —Mel le rodeó el cuello con los brazos—. ¿Qué se supone que tengo que hacer durante todo el día?

—El vago —sonrió Sebastian—. En principio, estamos de vacaciones, asentándonos en nuestra nueva casa. Pasaremos mucho tiempo en la cama.

—Muy bien —Mel le devolvió la sonrisa—. Si es por una buena causa...

Entonces lo besó, profundamente, enlazando su lengua con la de él. Notó que el corazón se le disparó al compás del suyo. Luego se retiró unos centímetros.

—Puede que tampoco sea normal que te bese así después de cinco años —comentó Mel.

—Lo harás, vaya si lo harás —aseguró Sebastian al tiempo que la agarraba por un brazo y la llevaba a la tienda de su prima.

—Vaya, vaya —dijo Morgana, la cual tenía una visión perfecta de la calle a través del escaparate—. Un par de minutos más dando ese espectáculo y paralizáis el tráfico.

—Es un experimento —explicó Sebastian—. Morgana está al corriente del caso... Nunca guardo ningún secreto con mi familia —añadió al ver que Mel fruncía el ceño.

—No tienes por qué preocuparte —le dijo Morgana a aquella—. No nos guardamos ningún secreto entre nosotros, pero somos muy discretos con los demás.

—Perdona, no estoy acostumbrada a confiar en nadie.

—Es una misión arriesgada —la justificó Morgana—. Sebastian, Nash está en la trastienda, descargando un pedido. ¿Te importa hacerle compañía un momento?

—Como quieras.

Mientras Sebastian iba a la trastienda, Morgana se acercó a la puerta de la tienda y puso el cartel de *Cerrado*.

—Nash no me deja hacer nada —le dijo a Mel—. Lo preocupa que me ocupe de cargar y descargar las cajas de los pedidos.

—Es normal, estás embarazada.

—Pero soy muy fuerte —Morgana sonrió y se encogió de hombros—. Además, hay otras formas de arreglarse con los objetos pesados.

—Ah —fue todo cuanto a Mel se le ocurrió decir.

—No solemos alardear de lo que somos. Sebastian utiliza su don para buenas causas, pero la gente se piensa que puede encontrar sus servicios en un tablón de anuncios. No entienden lo que de verdad es. Respecto a mí, los rumores favorecen la buena marcha de mi tienda. Y Ana... Ana tiene su propio estilo manejando sus poderes.

—No sé qué se supone que debo decir —respondió Mel—. No sé si alguna vez me creeré todo esto. Ni siquiera me tragaba lo del ratoncito Pérez de pequeña.

—Una pena. Pero creo que cualquier

persona con talante práctico es incapaz de negar lo que ve. Lo que sabe.

—No niego que Sebastian sea diferente. Que tiene una habilidad... un don. Y que... nunca he conocido a nadie igual —confesó finalmente.

—Sebastian es único incluso entre los que somos diferentes —aseguró Morgana, riéndose—. Puede que algún día encontremos un rato para que te hable de él. Siempre era muy competitivo. Y sigue dándole rabia que no sea capaz de realizar ningún truco mágico medianamente decente.

—¿En serio? —preguntó Mel, fascinada.

—Por supuesto. Claro que yo no le digo lo frustrante que me resulta lo mucho que me tengo que concentrar para vislumbrar una mínima parte de lo que él ve sin el menor esfuerzo —contestó Morgana—. Pero eso son piques familiares. Quería hablar contigo a solas porque veo que Sebastian confía en ti lo suficiente y siente el suficiente interés por ti como para haberte dejado acceder a esa parte de su vida.

—Yo... estamos trabajando juntos —balbuceó Mel, azorada.

—No voy a entremeterme demasiado. Pero es mi primo y lo quiero muchísimo. Por eso te digo una cosa: no uses el poder que tienes sobre él para hacerle daño.

—Aquí la bruja eres tú —espetó Mel, estupefacta—. Bueno, quiero decir...

—Has dicho muy bien lo que querías decir —atajó Morgana—. Sí, soy una bruja. Pero también soy una mujer. Y conozco el poder que eso me da sobre los hombres.

—No sé a qué te refieres. Y no sé cómo puedes pensar que podría herir a Sebastian —Mel denegó con la cabeza—. Si crees que he puesto su vida en peligro por involucrarlo en este caso...

—No... parece que es verdad que no me entiendes —dijo Morgana, sonriente. Era evidente, maravillosamente evidente, que Mel no tenía ni idea de que Sebastian estaba enamorado de ella—. ¡Qué bonito!, ¡y qué increíble!

—Morgana, si pudieras hablar más claro...

—No tengo la menor intención —dijo ésta, al tiempo que le agarraba las manos con afecto—. Perdona por haberte desconcertado. Los Donovan solemos protegernos mucho. Me gustas, me gustas mucho. Y espero que seamos buenas amigas... Quiero darte una cosa —añadió sonriente.

—No es necesario.

—Lo sé —convino Morgana mientras se acercaba a un escaparate—. Pero cuando vi esta piedra, supe que pertenecería a una persona especial. Toma —añadió después de sacar una piedra azul que formaba parte de un collar de plata.

—No puedo aceptarlo. Vale mucho.

—El valor es relativo. Sé que no te gustan las joyas —comentó Morgana mientras le ponía el collar—. Pero piensa que es un talismán, o una herramienta, si lo prefieres.

Aunque nunca la habían atraído ese tipo de adornos, Mel levantó la piedra azul para verla con detenimiento. Era poco más grande que una uña, pero tenía una enorme paleta de matices, desde el azul claro al añil.

—¿Qué es?

—Turmalina azul. Un mineral excelente para combatir el estrés — respondió Mel, la cual no añadió que también era un conductor excelente para unir el amor con la sabiduría—. Supongo que te vendrá bien con el trabajo que tienes.

—Sí, gracias...

—Morgana —Nash asomó la cabeza por la puerta de la trastienda—. Ah, hola, Mel.

—Hola.

—Cariño, hay un loco al teléfono que quiere saber algo sobre la interferencia de las gemas de silicato verde con los chakras.

—Cliente —lo corrigió Morgana—. Es un cliente, Nash.

—Sí, vale, pues este cliente quiere expandir mejor su corazón — repuso él.

—Ya me pongo —Morgana le hizo un gesto a Mel para que la siguiera.

—¿Tú sabes qué son los chakras? —le preguntó Nash a esta.

—¿Eso se come o se baila? —replicó Mel.

—Me gustas —dijo él, sonriente.

—Parece que he caído en suerte por aquí.

Morgana entró en la trastienda, donde Sebastian estaba tomando una cerveza apaciblemente.

—¿Quieres una? —le ofreció este.

—Sí —aceptó Mel—. Una tienda interesante —añadió.

—Y veo que ya tienes tu botín —comentó Sebastian mientras le daba una botella.

—Me la ha dado Morgana —dijo Mel, acariciando la turmalina del collar—. ¿Verdad que es bonita?

—Mucho.

—Bueno —Mel se dirigió a Nash—, el otro día no tuve oportunidad de decírtelo, pero me encantan tus películas. Sobre todo *Mutante*.

—¿De verdad? —Nash estaba buscando algún bote con pastas de chocolate—. Esa película es muy especial para mí. Nada como una mujer sexy que se convierte en lobo.

—Me gusta cómo haces lógico lo ilógico —Mel dio un sorbo a la cerveza—. Quiero decir, sientas unas reglas, por raras que sean, pero luego las sigues.

—La encantan las reglas —apuntó Sebastian.

—Lo siento, era una pequeña emergencia —dijo Morgana tras colgar—. Nash, ya te comiste todas las pastas.

—¿Todas? —preguntó este, decepcionado, al tiempo que cerraba el armario.

—Hasta la última migaja —Morgana se giró hacia su primo—. Supongo que te estarás preguntando si he recibido tu encargo.

—Sí.

—Pues sí, esta misma mañana. Espero que te guste —dijo Morgana mientras sacaba una cajita plateada del bolsillo.

—Confío en tu criterio.

—Y yo en el tuyo —Morgana le entregó la cajita y le dio un beso. Luego se dirigió a su marido—. Cariño, acompáñame a la tienda. Quiero mover unas cosas.

—¿Ahora? Mel estaba dorándome la píldora.

—Son cosas pesadas —dijo ella, tirándole de un brazo—. Espero que nos veamos pronto, Mel.

—Sí. Gracias otra vez —respondió

esta—. ¿Por qué se ha llevado a Nash de esa forma? —le preguntó a Sebastian en cuanto el matrimonio se hubo marchado.

—Morgana sabe que prefiero hacer esto estando solo —acarició la cajita con un pulgar y la miró a los ojos.

—No muerde, ¿verdad? —preguntó Mel con una sonrisa nerviosa.

—Totalmente inofensivo —le prometió Sebastian. Luego abrió la cajita y se la entregó.

Miró el interior y se quedó de piedra. Habría dado un paso atrás de no tener la espalda apoyada contra la nevera. Era un anillo, de plata como el collar que le había regalado Morgana, con una piedra rosa en el centro y reborde verde.

—¿Qué es esto?

—Más turmalina —Sebastian agarró el anillo y lo puso al trasluz—. Hay quien dice que sirve para poner en contacto a dos personas que se aprecian.

—Qué interesante —dijo ella con la garganta—. Pero, ¿para qué sirve?

Aunque no era el modo que le habría gustado, tendría que conformarse por el momento:

—Es un anillo de bodas —dijo Sebastian, al tiempo que se lo devolvía.

—¿Perdón?

—Nadie creería que llevamos cinco años casados si no tienes un anillo.

—Ah, sí —comprendió Mel, agitada—. Pero, ¿por qué no un anillo de oro normal y corriente?

—Porque prefiero este —contestó Sebastian impacientado. Agarró el anillo y lo introdujo en el dedo anular de ella.

—Vale, vale, no te pongas así. Sólo digo que es mucha molestia cuando podíamos haber ido a cualquier joyería y...

—Cállate.

—Oye, Donovan...

—Por una vez, haz algo sin discutírmelo, sin preguntar nada, sin hacer que me entren ganas de estrangularte —volvió a interrumpirla él.

—Sólo estaba dando mi opinión —replicó Mel—. Y si quieres que esto funcione, será mejor que aclaremos una cosa desde ya: no se trata de mi estilo ni de tu estilo de trabajar, sino de nuestro estilo.

—Tengo mucha paciencia —murmuró Sebastian—. Es muy difícil hacerme estallar, porque el poder y las explosiones son una mezcla muy peligrosa.

—Sí —dijo ella, un poco amedrentada.

—Hay una regla, una regla inquebrantable, que todos los de mi familia obedecemos, Sutherland: no hagas el mal a nadie. Yo la tomo muy en serio y, por primera vez en mi vida, me está pudiendo la tentación de hechizar a una persona y hacerla pasar todo tipo de calamidades.

—No seas fantoche —repuso Mel, desafiante—. Tu prima me ha dicho que no se te dan bien los trucos de magia.

—Ya, pero a veces tengo suerte con uno o dos.

Esperó a que Mel tragara la cerveza que tenía en la boca para concentrarse y, de pronto, esta echó a toser, atragantada, llevándose la mano al cuello. Era como si estuviera masticando una lata entera de pimientos de padrón.

—Vale, vale —susurró Mel. Aunque el picor había desaparecido, prefirió no arriesgarse a beber más cerveza—. Te agradecería que dejaras tus jueguecitos para la noche de Halloween, o el Día de los Inocentes, o cuando quiera que te apetezca echarte unas risas.

—¿Unas risas? —repitió Sebastian con una voz tan calmada como intimidante. Dio un paso hacia ella, pero la puerta de la trastienda se abrió justo en ese instante.

—Oh, perdón —se disculpó Anastasia, la cual llevaba un ramo de flores secas en una mano—. Luego vuelvo —añadió, sin necesidad de acercarse más para notar la tensión que flotaba en el ambiente.

—No seas tonta —dijo Sebastian mientras le quitaba las flores a su prima—. ¿No está Morgana en la tienda?

—Sí, estaba hablando con Nash... Me alegro de volver a verte, Mel —se despidió Ana con una sonrisa educada. Pero, entonces, justo cuando ya se iba, reparó en el anillo de la detective—. ¡Qué bonito! Parece... que lo han hecho específicamente para ti —dijo tras mirar a Sebastian de reojo.

—Sólo lo tomo prestado para un par de semanas.

—Entiendo. No sé si yo podría devolver algo tan maravilloso. ¿Me dejas? —Ana alzó la mano de Mel y vio que la piedra del anillo pertenecía a Sebastian desde bien pequeño—. Sí, es perfecto para ti.

—Gracias.

—En fin, no tengo mucho tiempo, así que será mejor que os deje terminar vuestra discusión —miró sonriente a Sebastian y se marchó.

—¿Quieres pelear? —preguntó Mel, sentada sobre el borde de la mesa.

—No parece que tenga mucho sentido —repuso Sebastian, tomando la cerveza que había dejado ella a medias.

—No, no lo tiene. Yo no estoy enfadada contigo. Sólo estoy nerviosa. Nunca había hecho algo así antes. Supongo que es la cosa más importante que he hecho y quiero... quiero que salga bien. Y luego la otra cosa.

—¿Qué otra cosa?

—Este anillo. También es importante.

—Sí, lo es —Sebastian le sujetó la mano.

—Y no quiero mezclar estas dos cosas importantes, porque me importa mucho... porque me importan mucho —finalizó Mel tras vacilar unos segundos.

—A mí también —dijo él mientras le besaba los dedos.

—¿Sabes lo que me gusta de ti, Donovan? —preguntó Mel, sonriente, ya más distendida.

—¿El qué?

—Que puedes hacer cosas como esta de besarme los dedos de la mano, y no por ello pareces bobo.

—Me abrumas con tus piropos, Sutherland —replicó Sebastian—. Sinceramente, me abrumas.

Horas después, serena la noche y tenue la luz de la luna, Mel se giró hacia él, dormida, y en sueños lo rodeó y plegó su cuerpo al de Sebastian. Este le apartó el pelo de la cara mientras ella apoyaba la cabeza sobre su hombro. Frotó con un pulgar el anillo. Si lo dejaba en su dedo, podría unirse a Mel en cualquier sueño en que su corazón estuviese involucrado. Era casi tan tentador como despertarla.

Antes de decidir qué elegía, le vino una imagen del establo, el relincho inquieto de la yegua.

—¿Qué pasa? —preguntó Mel al notar que Sebastian se separaba.

—Sigue durmiendo —le dijo este mientras se ponía una camisa.

—¿Adónde vas?

—Psyche va a parir. Voy al establo.

—Oh, te acompaño —propuso Mel sin pensárselo—. ¿Llamamos a un veterinario?

—Ana vendrá.

—Ah —se abotonó la camisa a oscuras—. ¿La llamo?

—Ana vendrá —repitió.

—¿Pongo agua a hervir?, ¿hago algo? —preguntó ella mientras se calzaba las botas.

—Un café, gracias —respondió Sebastian, saliendo ya del dormitorio, después de darle un beso.

Justo cuando entraba en la cocina, oyó el ruido de un coche. Mel preparó tres tazas de café, consciente de que era inútil preguntar cómo se había enterado Anastasia de que tenía que acudir.

Luego se reunió con los primos en el establo. Ana estaba arrodillada junto a la yegua, murmurando.

—¿Está bien? —preguntó Mel.

—Sí —respondió Ana con una voz suave como una brisa en el desierto, al tiempo que acariciaba el cuello de Psyche—. Ya falta poco. Tranquilo, Sebastian. No es la primera yegua que pare en el mundo.

—Es su primera vez —contestó él. Se sentía tonto, sabía que no habría ningún problema. Hasta podría haberles dicho el sexo de la cría. Pero no por eso dejaba de padecer el sufrimiento de su querida yegua.

—Toma un poco de café, papaíto —le dijo Mel.

—¿Por qué no te llevas a Eros, que está muy nervioso? —le pidió Anastasia a su primo.

—De acuerdo.

—¿Café? —le ofreció Mel a Ana.

—Sí, gracias.

—Perdón —se disculpó aquella al ver

la cara de Ana—. Suelo hacerlo muy fuerte.

—No pasa nada. Así acumulo cafeína para las próximas dos semanas — bromeó Ana. Luego sacó unas hierbas de un zurrón de cuero que había llevado consigo.

—¿Qué es eso?

—Hierbas —contestó Ana mientras se las daba a comer a la yegua—. La ayudarán con las contracciones... ¿Puedes acariciarle la cabeza? — añadió mientras la pobre Psyche se estremecía de dolor.

—No sé nada de partos —comentó Mel, nerviosa, al tiempo que obedecía a Anastasia—. Bueno, hice un cursillo de primeros auxilios, pero nunca he llegado a... Quizá debería...

—Tú acaríciala —repitió Ana con suavidad—. Lo demás es lo más natural del mundo.

Puede que fuese natural, pensó Mel mientras ella, Sebastian y su prima tiraban para sacar a la cría. Pero también era milagroso. Estaba chorreando de sudor, empapada de café y emocionada por estar ayudando a traer una nueva vida al mundo.

Trabajaron varias horas, durante las cuales pudo observar más de una docena de veces el cambio de color y expresión de los ojos de Anastasia. De un gris calmado a un gris de cielo encapotado por la preocupación. De ojos de diversión a ojos de una compasión profunda.

En una ocasión, Mel estuvo casi segura de que vio en ellos un terrible y salvaje dolor, que sólo cesó cuando Sebastian le llamó la atención.

—Sólo quería que tuviera un momento de alivio —se había excusado la prima.

Luego todo había ido muy rápido.

—¡Guau!, ¡no me lo puedo creer! —exclamó Mel cuando por fin vio a Psyche limpiando a su potrillo.

—Siempre es una maravilla —comentó Ana—. Psyche está bien. Igual que el potro. Volveré esta noche para ver cómo andan, pero diría que madre e hijo están perfectamente —agregó, dirigiéndose a Sebastian.

—Gracias, Ana —dijo este mientras le daba un fuerte abrazo.

—Un placer. Lo has hecho muy bien para ser la primera vez que ayudas en un parto, Mel.

—Ha sido increíble.

—Bueno, me voy a casa. Creo que dormiré un buen rato —Ana le dio un beso a Sebastian y luego, con la misma naturalidad, le dio otro a Mel—. Enhorabuena.

—Vaya forma de pasar la noche —murmuró esta, apoyando la cabeza sobre un hombro de Sebastian.

—Me alegra que estuvieras conmigo.

—Yo también me alegro. Nunca había visto nacer a nadie. Uno se da cuenta de lo fantástico que es... Y lo agotador. Ojalá pudiera dormir hasta las tantas —añadió Mel tras dar un bostezo.

—¿Y por qué no puedes? —Sebastian le dio un beso en la cabeza—. ¿Por qué no lo hacemos?

—Tengo trabajo pendiente y, dado que vamos a ausentarnos un par de semanas, quiero ir atando cabos.

—Aquí tienes uno que atar.

—¿Seguro?

—Segurísimo —Sebastian la subió en brazos—. Hace unas horas, estaba en la cama pensando si colarme en tus sueños o simplemente despertarte.

—¿Colarte en mis sueños? —Mel lo ayudó a abrir la puerta de casa—. ¿Puedes hacerlo?

—¡Qué poca fe tienes, Sutherland! En cualquier caso —continuó él—, he pensado que no nos vendría mal darnos una ducha.

—Buena idea... ¡Sebastian! —exclamó Mel riéndose cuando este entró en la ducha y abrió el grifo—. Todavía tengo la ropa puesta.

—No por mucho tiempo —sonrió él.

Diez

Mel no estaba seguro de cómo se sentía siendo la señora Ryan. Desde luego, Mary Ellen Ryan, el nombre de su falsa identidad, le parecía una mujer aburrida, más interesada por la moda y los cosméticos que por las cosas realmente importantes.

Tenía que convenir, eso sí, en que el lugar era paradisiaco. Una verdadera maravilla, se dijo mientras salía a la terraza de la casa y contemplaba el brillo de la luna en el lago Tahoe.

La misma casa era preciosa. Dos plantas con todo tipo de lujos, amueblada con gusto, decorada con colores apagados, que reflejaban el estilo de los dueños.

Mary Ellen y Donovan Ryan, procedentes de Seattle, formaban una pareja moderna que sabía lo que quería.

Y lo que más querían, por supuesto, era un bebé.

La casa la había impresionado al llegar el día anterior. La había impresionado lo suficiente para comentar que no esperaba que el FBI pudiera procurarles una vivienda tan acogedora en tan poco tiempo. Justo entonces había sido cuando Sebastian había comentado que, en realidad, la casa era suya. Se le había encaprichado medio año antes.

¿Coincidencia o brujería?, se preguntó Mel.

—¿Preparada para una noche por la ciudad, cariño?

—No se te ocurra empezar a llamarme cariñín y cielito sólo porque se supone que estamos casados —replicó Mel con el ceño fruncido.

—¡Pero qué barbaridad! —exclamó Sebastian al ver a Mel en un vestido negro de lo más favorecedor—. ¡Estás divina!

—Me lo he puesto todo —murmuró

ella—. Hasta la ropa interior que me elegiste.

—Buena chica —bromeó Sebastian. Tomó sus manos y se confirmó en su idea de que las medias rojas habían sido una idea estupenda, así como los pendientes de rubí—. Insisto: estás preciosa. Procura actuar como si te lo creyeras.

—Odio llevar tacones. ¿Y has visto lo que le han hecho a mi pelo?

—Es muy chic —contestó Sebastian, en alusión al peinado hacia atrás que llevaba Mel.

—Cómo se nota que tú no has tenido a una francesa maniaca encima, parloteando Dios sabe qué. Un poco más y me pongo a gritar.

—Un día duro, ¿eh?

—Eso no es nada. Me han hecho la manicura. No tienes ni idea de lo que es eso. Te vienen con esas tijeritas y esas cremitas y te cuentan la vida de sus novios y te hacen preguntas personales sobre tu vida sexual. Y tú fingiendo que te lo estás pasando bomba. Y menos mal que me he librado de la máscara facial —Mel se estremeció—. Les dije que tenía que volver a casa a cenar.

—Te has escapado por un pelo.

—Si de veras tuviera que pasar por un centro de belleza una vez a la semana, creo que me rebanaría el pescuezo.

—Paciencia, Sutherland.

—Sí —Mel suspiró. Se sentía mejor tras aquel desahogo—. Ya me he encargado de empezar a correr la voz sobre el marido tan estupendo que tengo y sobre nuestra estupenda casa nueva y los años que llevamos intentando tener un bebé. Comenté lo de las pruebas de fertilidad y lo largas que eran las listas de las agencias de adopción. Parecían muy conmovidas.

—Buen trabajo.

—Además, conseguí el nombre de dos abogados y un médico. Se supone que el doctor es un ginecólogo milagroso. Uno de los abogados es primo de la que me ha hecho la manicura, y el otro ayudó a no sé qué mujer a conseguir la adopción de dos niños el año pasado.

—Interesante —dijo Sebastian.

—Supuse que debíamos comprobarlo. Mañana iré al balneario y soltaré el rollo de nuevo.

—No pasa nada porque intentes disfrutar de la sauna y los masajes observó él.

—Me hace sentir... sé que te estás gastando mucho dinero en esto.

—Tengo bastante —Sebastian le puso un dedo en la barbilla—. Si no quisiera emplearlo en esto, no lo haría. Recuerdo la cara de Rose cuando la llevaste a mi casa la primera vez. Y también recuerdo a la señora Frost. Estamos juntos en esto.

—Lo sé —dijo Mel—. Debería darte las gracias, en vez de protestar tanto.

—Pero se te da tan bien protestar —bromeó Sebastian, sonriente. Luego le dio un beso—. Vamos, Sutherland. Vamos al casino. Tengo buenas vibraciones.

El Silver Palace era uno de los hoteles más nuevos y opulentos de Tahoe. Había cisnes blancos en el estanque de su interior, flores exóticas de tamaño gigantesco y el personal vestía de esmoquin y pajarita.

Pasaron varias tiendas con todo tipo de artículos caros, desde diamantes a abrigos de piel. Mel supuso que las habían situado cerca del casino para que los ganadores volvieran a gastarse el dinero sin salir del hotel.

El casino estaba abarrotado. La musiquita de las máquinas tragaperras sonaba en el piso superior, pero también se oían los murmullos de las muchas conversaciones y el ruido de las ruletas al girar. Y olía a tabaco, a alcohol y a perfumes. Y, por supuesto, a dinero.

—¿A qué jugamos?

—Da lo mismo, al final te sacan los cuartos igual —contestó Mel, encogiéndose de hombros—. Tratar de ganar a la casa es como remar contra corriente con un remo. Puede que avances algo, pero al final la corriente te arrastra.

—No seas tan razonable —le susurró él, mordisqueándole el lóbulo de una oreja—. Te recuerdo que estamos en nuestra luna de miel, cariño.

—Sí —respondió Mel con una sonrisa radiante.

Eligió empezar por las máquinas tragaperras, pues no hacía falta concentrarse y podía ir asentándose al lugar. Habían ido para localizar a Jasper Gumm, el hombre con el que había contraído su deuda Parkland. Mel era consciente de que podían tardar varios días en lograr este objetivo.

Perdió un buen rato, luego recuperó algunos dólares, que introdujo automáticamente en la máquina. Encontró cierto atractivo en todas esas lucecitas y sonidos por todas partes. Le pareció relajante incluso.

—No creo que la casa deba preocuparse de si salto la banca —comentó Mel, sonriente, tras perder otros cinco dólares.

—Quizá si fueras menos... agresiva —Sebastian posó una mano sobre la de Mel, la cual tiró de la palanca. Luces y campanas.

—¡Guau!, ¡esto son quinientos! —exclamó mientras caían las monedas. Bailó un poco y luego se abrazó a Sebastian—. ¡He ganado quinientos dólares...! ¿No habrás hecho trampas, Donovan! —añadió en voz baja.

—Qué palabra tan fea —repuso Sebastian, sonriente—. Venga, estoy seguro de que los puedes perder jugando al blackjack.

—Bueno, si es por una buena causa.

—Claro está.

—Me gusta ganar —dijo Mel entre risas mientras metía todas las monedas en un cubo que había junto a la máquina.

—Y a mí.

Pasearon por el casino, bebiendo champán y fingiendo que eran una pareja feliz que había salido a divertirse. Mel trataba de no tomarse muy en serio todas las atenciones de él, el hecho de que estuvieran dándose la mano todo el tiempo.

Eran amantes, de acuerdo, pero no estaban enamorados. Se apreciaban y respetaban mutuamente, pero eso distaba mucho del final feliz comiendo perdices. El anillo del dedo sólo era un préstamo y la casa que compartían, una tapadera.

Un día tendría que devolverle el anillo y marcharse de su casa. Puede que siguieran viéndose, al menos durante un tiempo. Hasta que el trabajo de uno y otro los condujera por caminos diferentes.

La gente no permanecía junto a ella. Mel había llegado a aceptarlo. Sin embargo, cuando pensaba en separarse de Sebastian, sentía un vacío en su interior casi insoportable.

—¿Qué te pasa? —le preguntó él mientras le hacía una caricia en el cuello—. Te noto tensa.

—No es nada —mintió Mel. A pesar de que cumplía con la regla de no fisgar en su cabeza, Sebastian era muy perceptivo—. Supongo que estoy un poco impaciente porque ocurra algo.

No la presionó, aunque tenía la certeza de que no era el caso lo que la había preocupado. Tomaron asiento en una mesa y la rodeó por los hombros mientras jugaban juntos a las cartas.

Lo hacía bien, advirtió Sebastian. Su inteligencia y precaución la hizo empatar con la casa durante la primera hora. Y notaba, por las miradas naturales que Mel lanzaba en derredor, que estaba registrándolo todo: los guardias de seguridad, las cámaras, las salidas de emergencia.

Sebastian pidió más champán y

comenzó a examinar los alrededores. El hombre que tenía al lado estaba sudando, preocupado porque su esposa sospechaba que estaba teniendo una aventura. Y esta miraba al *croupier* y trataba de imaginárselo desnudo.

Al lado de Mel, un tipo con pinta de vaquero bebía whisky mientras ganaba a un ritmo lento, pero constante. Pensaba en fondos del tesoro y en ganado vacuno. También le habría gustado que la chica que estaba junto a él no estuviera acompañada.

Sebastian sonrió y se preguntó cómo reaccionaría Mel si supiera que aquel tipo estaba interesado en ella.

En general, captaba aburrimiento, tensión, desesperación y codicia. Encontró lo que buscaba en la joven pareja que había justo enfrente de él.

Estaban en la tercera noche de su luna de miel. Apenas tenían edad suficiente para entrar al casino, estaban locamente enamorados y habían decidido, después de muchos cálculos, que la emoción de apostar bien valía jugarse un billete de cien dólares.

Habían perdido la mitad, pero estaban disfrutando por todo lo alto.

Sebastian vio que el marido, que se llamaba Jerry, estaba indeciso. Las cartas sumaban quince y tenía que llega a veintiuno, pero no pasarse. Le dio un pequeño empujón mental y el chico sacó un seis.

Valiéndose de sus poderes, Sebastian hizo que la pareja doblara y triplicase su capital mientras ambos reían por la suerte que estaban teniendo.

—Menuda racha —comentó Mel.

—Sí —Sebastian dio un sorbo a su copa.

Se corrió el rumor, como sucede en estos sitios, de que había un ganador en la mesa número tres. La gente empezó a arremolinarse y a aplaudir a Jerry, cuyas ganancias ascendían ya a tres mil dólares.

—Jerry, quizá deberíamos parar. Con esto podemos ir pagando la entrada de la casa. Deberíamos parar —aconsejó Karen. Jerry pensó en hacerle caso, pero Sebastian le dio un empujoncito mental a la esposa—. No, sigue —añadió en el último momento.

—¿Estás segura?

—Sí, tengo una intuición. Es algo mágico.

Mel levantó la cabeza ante aquel comentario y miró a Sebastian.

—Donovan —dijo ella con el ceño fruncido.

—Calla —le susurró Sebastian—. Tengo mis motivos.

Mel empezó a comprenderlos cuando los beneficios de Jerry superaron los diez mil dólares. Un hombre fornido, vestido con esmoquin, se aproximó a la mesa. Tenía porte distinguido, piel bronceada, bigote y cabello cuidados. El tipo de hombre al que muchas mujeres le echarían el ojo, pensó Mel, a la cual, en cambio, no le gustó el brillo de sus ojos. Eran azul claro, bonitos, pero algo en ellos la desagradaba.

—No gano una —murmuró Mel mientras Sebastian la abrazaba.

La gente seguía congregándose y festejando la racha de Jerry.

—Parece que es su noche de suerte —comentó el desconocido.

—¡Y tanto! —contestó Jerry, maravillado—. Nunca había ganado nada en toda mi vida.

—¿Se aloja en el hotel?

—Sí, mi esposa y yo —Jerry le dio un beso a Karen—. Es la primera noche que venimos al casino.

—Permítame que lo felicite en persona. Soy Jasper Gumm. Este es mi hotel.

—Bonita maniobra para pararlo—le dijo Mel a Sebastian, comunicándose por el pensamiento.

—Es discreta —repuso él—. Y divertida.

—¿Ha terminado por esta noche tu afortunada pareja?

—Sí, ya mismo se van —contestó Sebastian.

—Perdona —le dijo Mel, ya en voz alta. Rodeó la mesa y comprobó que Sebastian estaba en lo cierto, pues Jerry y Karen ya estaban hablando de recoger sus ganancias.

—No dejéis de volver —los despidió Gumm.

Mel se había situado de tal modo, que cuando Gumm se dio media vuelta, este le tiró la copa de champán.

—Perdón —se disculpó ella mientras le secaba la manga del esmoquin— . ¡Qué torpe!

—Al contrario. Ha sido culpa mía — respondió Gumm, el cual sacó un pañuelo para secarle la mano a Mel—. Me temo que estaba distraído. Le debo una bebida —añadió.

—No, muy amable. En realidad no quedaba mucho. Por suerte para su esmoquin —contestó Mel, sonriente—. Menuda racha han tenido esos chicos. Mi marido y yo estábamos sentados al otro lado de la mesa y no hemos tenido ni un poco de suerte.

—Definitivamente, la invito a una copa —Gumm le agarró un brazo mientras Sebastian se ponía de pie.

—Cariño, se supone que tendrías que beber el champán, no tirarlo encima de la gente —bromeó este.

—Ya le he pedido perdón —se defendió Mel, como si se sintiera turbada.

—No es nada —aseguró Gumm, ofreciéndole la mano a Sebastian—. Jasper Gumm.

—Donovan Ryan —repuso Sebastian

mientras le estrechaba la mano—. Mi mujer, Mary Ellen.

—Un placer. ¿Se alojan en el hotel?

—No, en realidad, acabamos de mudarnos a Tahoe —Sebastian miró con cariño a Mel—. Estamos celebrando una especie de luna de miel, pero dentro de poco tendremos que ir pensando en volver a trabajar.

—Bienvenidos a la comunidad —dijo Gumm mientras hacía señas a una camarera para que les diera sendas copas de champán.

—Muy amable... Es un sitio estupendo —comentó Mel tras mirar en derredor.

—Ahora que somos vecinos, espero que disfruten de nuestras instalaciones. Tenemos un restaurante excelente —dijo Gumm—. ¿A qué se dedica, señor Donovan?

—Inmobiliaria. Mary Ellen y yo llevábamos unos cuantos años en Seattle y hemos decidido que era hora de cambiar un poco.

—¿Y usted? —le preguntó Gumm a Mel.

—Me acabo de retirar. Al menos, por un tiempo. Me apetece cuidar de la casa —contestó ella, sonriente.

—Y de los niños, supongo.

—No —la sonrisa se desvaneció—. Todavía no. Pero creo que con el clima de aquí, el sol, el lago... sería un sitio estupendo para formar una familia —añadió con una ligera veta de tristeza en la voz.

—Seguro que sí. En fin, encantado de conocerlos —se despidió Gumm.

—Volveremos —le aseguró Sebastian—. Has estado muy convincente —le dijo luego a Mel, en cuanto se hubieron quedado a solas.

—Sí, ¿verdad? ¿Crees que debemos volver a probar suerte en las mesas?, ¿o nos dedicamos a pasear mirándonos como dos tortolitos?

Sebastian rio, le fue a dar un beso, pero se detuvo de repente:

—Vaya, vaya... las cosas empiezan a encajar.

—¿Por qué?, ¿qué pasa?

—Dale un sorbo a tu champán y sonríe, amor —Sebastian la giró con delicadeza y se acercaron a una mesa para disimular—. Ahora mira hacia allá, a la mujer con la que está hablando Gumm. La pelirroja de la escalera.

—La veo —Mel recostó la cabeza en el hombro de Sebastian—. Veintiocho años, puede que treinta.

—Su nombre es Linda... o al menos así se llama ahora. Era Susan cuando se registró en el motel con David.

—¿Es...?, ¿qué está haciendo aquí?

—Acostarse con Gumm, supongo. Esperar al siguiente trabajo.

—Tenemos que descubrir cuánto saben. Lo cerca que están de los peces gordos —Mel se terminó el champán de un trago—. En marcha. Tú a tu estilo y yo al mío.

—Hecho.

Cuando Mel vio que Linda se dirigía al aseo de señoras, le pidió a Sebastian que le sujetara su copa.

—¿Te importa?

—En absoluto, mi vida —murmuró él.

Mel entró en el excusado, se repasó los labios con la barra delineadora y se empolvó la nariz.

—¡Vaya!, ¡me he roto una uña! —gruñó Mel a poca distancia de Linda.

—¿Verdad que da rabia? —preguntó esta.

—Precisamente me he hecho la manicura esta mañana. ¡Qué mala suerte tengo! —exclamó Mel mientras buscaba una lima en el neceser del bolso—. Tus uñas son estupendas.

—Gracias —contestó la pelirroja—. Tengo una manicura maravillosa.

—¿Sí? Me pregunto... Mi marido y yo acabamos de venir de Seattle. Necesito encontrar un buen centro de belleza.

—Aquí en el hotel tienen de todo. Los abonos para la sauna son un poco caros, pero, créeme, te dan unos masajes que te dejan como nueva —aseguró Linda—. Y la tienda de cosméticos es de primera.

—Gracias, le echaré un vistazo.

—Sólo diles que vas de parte de Linda, Linda Glass.

—De acuerdo —dijo Mel mientras se levantaba—. Muchas gracias.

—No hay de qué —contestó Linda, satisfecha. Si la mujer se hacía socia de la sauna, pensó, conseguiría una buena comisión. El negocio era el negocio.

Horas después, Mel estaba tumbada boca abajo en el medio de la cama, haciendo una lista. Se había puesto el pijama y se había deshecho el sofisticado peinado de la peluquería para estar a gusto.

De acuerdo, utilizaría las instalaciones del Silver Palace. A partir del día siguiente, se uniría a la sauna y visitaría sus tiendas de belleza. Hasta se sometería a una máscara facial si las empleadas se empeñaban en ello.

Con un poco de suerte, quizá pudiera volver a hablar con Linda en poco tiempo.

—¿Qué tramas, Sutherland?

—¿Crees que depilarse a la cera duele mucho?

—No sabría decirte —Sebastian deslizó un dedo por las piernas de Mel—. ¿Por qué?

—Se supone que tengo que tirarme medio día en el centro de belleza, así que tendré que pedir que me hagan algo —contestó Mel. Alzó la vista y vio que Sebastian llevaba un pijama a juego con el de ella. Casi parecían un matrimonio de verdad—. ¿Te gusta eso? A mí me sabe a medicina —dijo Mel, apuntando hacia la copa de brandy de Sebastian.

—Será que no has probado uno bueno —repuso este mientras le daba a probar un sorbo—. Sigues tensa —añadió mientras comenzaba a masajearle los hombros.

—Un poco —admitió ella—. ¿Sabes? Empiezo a pensar que esta historia va a funcionar. Este trabajo, quiero decir.

—Y va a funcionar. Mientras a ti te depilan esas maravillosas piernas, yo estaré jugando al golf en el club de Gumm.

—A ver quién descubre más cosas —lo desafió Mel, mientras dejaba que Sebastian siguiera aflojándole los músculos de la espalda—. Quería preguntarte por la pareja de esta noche. Los ganadores.

—¿Qué pasa con ellos? —preguntó él mientras le quitaba la camisa del pijama.

—Sé que lo has hecho para atraer la atención de Gumm, pero no me termina de parecer justo. Se han llevado diez mil dólares.

—Yo sólo influí un poco en sus decisiones. Y estoy seguro de que Gumm ha ganado mucho más vendiendo bebés.

—Sí, sí, y veo cierta justicia en eso. Pero esa pareja... ¿y si se envician y pierden hasta la camisa? Quizá no sean capaces de parar y...

—Tranquila —dijo Sebastian tras darle un beso en la espalda—. Jerry y Karen utilizarán el dinero para pagar la entrada de un piso confortable, sorprenderán a sus amigos contándoles lo que les ha pasado en el casino, coincidirán en que han gastado toda su buena suerte esta noche y rara vez volverán a jugar. Van a tener tres hijos. Y dentro de seis años, una crisis matrimonial. Pero lo superarán.

—Siendo así —aceptó Mel, la cual no tenía nada claro que fuera a acostumbrarse nunca a las facultades de Sebastian.

—Siendo así —repitió este—, ¿por

qué no te olvidas de ellos y te concentras en mí?

—Podría hacer un esfuerzo —replicó Mel, sonriente. Dejó la copa de brandy junto a la pata de la cama, se giró, agarró a Sebastian por la camisa y lo tiró a la cama—. Te tengo.

—Sí —dijo este, mordisqueándole el labio inferior.

—Y puede que no te suelte en un buen rato —Mel le empezó a besar la nariz, una mejilla, la barbilla, los labios—. El brandy sabe más rico en tus labios que en la copa.

—Prueba de nuevo, para estar segura.

Mel le dio un beso y lo saboreó con detenimiento.

—Muchísimo mejor —se reafirmó ella—. Me gusta cómo sabes, Donovan —agregó mientras enlazaban las manos.

Lo provocó, jugando con el deseo de él y el suyo propio mientras exploraba su cuerpo, cálido, con el pulso vivo. Le gustaba la anchura de sus hombros, la planicie dura de su pecho, el suave temblor de su abdomen ante las caricias de ella.

Y le gustaba que sus manos estuvieran unidas, así como el destello multicolor del anillo. Mientras se frotaba contra la cara de Sebastian, notó algo más intenso que la pasión: una emoción más profunda que se apoderaba de sus sentidos.

Suspiró y volvió a besarlo.

Sebastian pensó que esa noche la bruja era Mel. Ella era la que tenía el poder. Se había quedado con su alma, con sus deseos y con su futuro, y los acogía con delicadeza entre las manos.

Murmuró que la quería, una y otra vez, pero se expresó en gaélico, de modo que Mel no lo entendió.

Se movían juntos sobre la cama, como si fuera un lago encantado. Cuando la luna empezó a salir, anunciando la llegada de la noche, estaban perdidos el uno en el otro, rodeados por la magia con que se envolvían mutuamente.

Cuando Mel lo miró, con los ojos negros de deseo, pesados de placer, Sebastian pensó que nunca la había visto más hermosa. Nunca le había pertenecido tanto.

Fue por ella y obtuvo la respuesta

deseada. Sus cuerpos se fundieron. Fue un momento dulce, elegante y salvaje.

Mel se arqueó para darle más cabida, gloriosamente estremecida. Se apretaron las manos a medida que el clímax aumentaba y cuando no pudieron seguir subiendo, cuando Sebastian se desbordó dentro de ella y sus cuerpos se desplomaron húmedos de amor, Mel apoyó la cabeza en el cuello de él y se dejó abrazar.

—No me sueltes —le dijo—. No me sueltes en toda la noche.

—De acuerdo —murmuró Sebastian, el cual la envolvió en su abrazo mientras Mel tomaba conciencia de que estaba enamorada.

Once

No fue tan difícil echar un vistazo en la agenda de citas del centro de belleza del Silver Palace. Bastó con sonreír mucho y dar buenas propinas. Gracias a lo cual, concertó su horario con el de Linda Glass.

Eso era sencillo. Lo dura sería pasar todo el día en aquel centro.

—Al final has venido —la saludó Linda al reconocer a Mel.

—Con esto de la mudanza, hace una semana que no hago ejercicio — repuso esta, preparada para la clase de aerobic—. Y a poco que te despistes, pierdes la forma.

—A mí me lo vas a decir. Cada vez

que trabajo... —interrumpió la frase al ver llegar a la monitora.

—Hora de calentar, chicas —ordenó esta, sonriente, después de introducir una cinta de música en un radiocasete.

Mel siguió el calentamiento y los ejercicios que demandaban algo más de esfuerzo. Aunque consideraba que estaba en muy buena forma, tenía que concentrarse en la coordinación de movimientos. Estaba claro que se había metido en una clase muy avanzada y que, aparte de la resistencia, se tenía en cuenta, el estilo y la elegancia.

No llevaba ni media clase y ya odiaba, con las pocas fuerzas que le quedaban, a la vivaracha monitora, que no dejaba de dar saltos y botes de un lado a otro.

—Como me pida que vuelva a subir la pierna, la estrangulo —murmuró Mel.

—Yo la sujeto mientras —dijo Linda, que había oído la protesta—. No puede tener más de veinte años. Merece morir.

Por fin, la música se detuvo. Luego, después de tomarse el pulso y de estirar, Mel se sentó junto a Linda y se secó el sudor con una toalla.

—Esto me pasa por faltar una semana —Mel suspiró—. Ahora tengo que estar todo el día metida para recuperar.

—Te entiendo. Yo ahora tengo pesas.

—¿De verdad? —preguntó Mel, sonriente—. Yo también.

—¿Sí? —dijo Linda mientras se ponía de pie—. Supongo que podemos sufrir juntas.

Después de las pesas, hicieron bicicleta fija y, más tarde, corrieron sobre sendas cintas, y cuanto más sudaban, más amigas se hacían. Hablaron de la importancia de estar en forma, sobre los hombres, sobre el pasado de ambas.

Luego compartieron una sauna y terminaron la sesión con un masaje.

—No puedo creerme que te hayas retirado para cuidar de la casa —comentó Linda mientras la atendían.

—Yo tampoco me acostumbro —Mel suspiró mientras le daban unos golpecitos por la columna—. Si te digo la verdad, no sé qué hacer con todo el día libre. Pero es una especie de experimento.

—¿Sí?

Mel vaciló lo suficiente como para

mostrar a Linda que se trataba de una cuestión delicada:

—Bueno, mi marido y yo llevamos bastante tiempo intentando formar una familia. Pero no tenemos suerte. Hicimos una prueba de fertilidad y lo único que nos dijo el médico es que yo estaba un poco estresada. Por eso hemos pensado que si descanso durante un tiempo...

—Debe de ser duro.

—Lo es. Los dos... como somos hijos únicos y no nos tenemos más que el uno al otro, queremos tener una familia grande. Es tan injusto. Tenemos una casa estupenda, tenemos dinero, nuestro matrimonio funciona... pero no podemos tener hijos.

—Supongo que llevaréis tiempo intentándolo —comentó Linda con afecto. Si estaba disimulando, no cabía duda de que lo hacía muy bien, pensó Mel.

—Años. La culpa es mía, en realidad —contestó esta—. Los médicos nos han dicho que es muy poco probable que me quede embarazada.

—No quisiera ofenderte, ¿pero habéis

pensado alguna vez en la adopción?

—¿Pensarlo? No te imaginas en cuantas listas de espera estamos. Los dos creemos que podremos querer a un niño, aunque no seamos sus padres biológicos. Sentimos que tenemos mucho amor que dar, pero... —Mel suspiró—. Supongo que es egoísta, pero queremos un bebé. Sé que sería más fácil si nos conformáramos con un chico de cinco o seis años, pero no es lo mismo. Nos han dicho que igual tenemos que esperar años. No sé qué vamos a hacer con tantas habitaciones vacías... Perdona —se disculpó con la voz quebrada mientras secaba las lágrimas que le habían saltado de los ojos.

—Tranquila —Linda estiró un brazo y le apretó la mano a Mel—. Soy mujer, entiendo lo mal que lo estás pasando.

Luego comieron una ensalada y siguieron charlando. En esta ocasión, fue Linda la que habló de su divorcio, sus esperanzas y sus temores. Al igual que la sensible Mary Ellen Ryan, soltó un par de lagrimitas.

—¿Has pensado en volver a casarte otra vez? —le preguntó Mel.

—No, ya tuve bastante con una —Linda rio—. Jasper y yo estamos muy bien como estamos. Nos gustamos, pero nos damos libertad. Me gusta poder moverme a mi aire.

—Te admiro —dijo Mel, sorprendida de lo falsa que podía llegar a ser—. Antes de conocer a Donovan, pensaba que estaría sola e indefensa toda la vida. No imaginas lo que para mí supone haberme enamorado y estar casada; pero envidio a las mujeres independientes.

—Cada una es como es. Yo estoy contenta así, pero tú tampoco puedes quejarte: tienes un hombre que está loco por ti y que gana lo suficiente para tener una casa agradable. Casi perfecto.

—Casi —repitió Mel con semblante sombrío.

—En cuanto tengáis el bebé, será totalmente perfecto —dijo Linda—. Confía en mí.

Mel se arrastró hasta casa, llevando la mochila del gimnasio como pudo.

—Por fin —dijo Sebastian al verla llegar—. Estaba a punto de organizar una expedición para buscarte —bromeó.

—Estoy molida. No te imaginas el día que he tenido —murmuró ella—. La monitora de aerobic era una sádica. Luego he hecho pesas y la monitora se ha creído que era la mujer de Rambo. Y no he comido más que una ensalada en todo el día —protestó.

—Pobrecita —dijo Sebastian.

—No te rías. Tengo ganas de soltarle un sopapo a alguien.

—¿Qué te parece si te preparo algo para picar? —propuso él después de darle un beso en la frente.

—¿Hay pizza en el congelador?

—Lo dudo mucho. Ven —Sebastian la rodeó por los hombros y la condujo a la cocina—. Puedes contarme qué tal te ha ido mientras comes.

—Ha sido un día completito. ¿Sabes? Linda hace toda la tabla de ejercicios dos veces por semana —Mel abrió los estantes en busca de alguna bolsa de patatas—. No entiendo para qué hace falta estar tan sana. Parece una mujer normal, brillante incluso. Y disimula de maravilla —añadió mientras se sentaba.

—Parece que habéis hablado bastante —comentó Sebastian mientras le preparaba un sándwich gigante.

—¡No te imaginas! Le he contado mi vida en verso: cómo perdí a mis padres cuando tenía veinte años, cómo te conocí un par de años después, el rollo del amor a primera vista, tu romanticismo —dijo Mel mientras se llevaba una patata a la boca.

—Así que soy romántico —comentó Sebastian, después de servirle el sándwich, junto a una lata de su refresco favorito.

—El más romántico: me regalabas rosas todos los días, me hacías bailar cuando paseábamos a la luz de la luna, estabas loco por mí.

—Seguro que sí —contestó él, sonriente.

—Me suplicaste que me casara contigo. ¡Oye!, ¡esto está riquísimo! —exclamó Mel tras probar el sándwich—. ¿Por dónde iba?

—Te estaba suplicando que te casaras conmigo.

—Exacto —dijo ella. Luego le dio un sorbo al refresco—. Pero yo era precavida. Primero accedí a que viviésemos juntos. Todo era tan maravilloso que acabamos pasando por el altar y, desde entonces, mi vida ha sido un cuento de hadas.

—Parezco un tipo estupendo.

—Sí, no imaginas cómo he mentido. Somos la pareja más feliz del mundo... salvo por un penoso problema —Mel dio otro mordisco al sándwich y frunció el ceño—. ¿Sabes? Al principio me ha costado mucho seguir con la farsa. Me recordaba que era un trabajo importante, pero no me sentía bien. Ella estaba siendo muy amable y no me gustaba engañarla... Pero en cuanto ha salido el tema del bebé, le ha cambiado la expresión. Seguía de lo más amistosa, pero era evidente que tramaba algo por dentro.

—¿Vas a volver a verla pronto?

—Pasado mañana —contestó Mel mientras se terminaba el sándwich—. Cree que estoy aburrida y que no sé qué hacer para entretenerme. Iremos de tiendas.

—¡Los sacrificios que se hacen por el trabajo!

—Muy gracioso. Lo dice el que se ha pasado toda la mañana dándole a una pelotita blanca.

—Parece que no te he dicho que odio el golf.

—No —Mel sonrió—. Bueno, ¿cómo te ha ido?

—Me encontré con Jasper en el tercer hoyo. Por casualidad, ya te imaginas.

—Sí, claro.

—Así que hicimos el resto del recorrido juntos —Sebastian dio un sorbo a una copa que se había servido antes de llegar Mel—. Dice que mi mujer es encantadora.

—Natural.

—Hemos hablado de negocios. Está interesado en realizar algunas inversiones, así que le he hecho un par de sugerencias —prosiguió él—. Resulta que tengo unos terrenos en Oregón y estoy pensando en venderlos... Luego hemos charlado de deportes y otras cosas de hombres. Conseguí dejar caer que quería tener un hijo.

—O una niña, ¿no?

—Ya digo que era una charla de hombre a hombre. Un hijo asegura la continuidad del apellido, juega al fútbol...

—Las chicas también juegan al fútbol —murmuró Mel—. Da igual, ¿se tragó el cebo?

—Digamos que lo vio. Puse cara de no querer hablar del tema y cambié de conversación.

—¿Por qué? Si lo tenías en el bote, ¿por qué lo has dejado escapar?

—Tienes que confiar en mí, Mel. Gumm habría sospechado si me hubiera abierto a él tan rápido. Entre las mujeres es diferente. Más natural.

—Bueno, puede que tengas razón —concedió Mel, con el ceño fruncido todavía.

—He hablado con Devereaux justo antes de que llegases. Mañana tendrán un informe de Linda Glass y nos comunicará si Gumm nos investiga —la informó Sebastian—. Por cierto, estamos invitados a cenar en casa de Gumm y su esposa el viernes por la noche.

—Genial. Buen trabajo, Donovan.

—Supongo que no hacemos tan mal equipo. ¿Has terminado de comer?

—Por ahora sí.

—Entonces deberíamos prepararnos para el viernes por la noche.

—¿Preparar el qué? —Mel le lanzó una mirada recelosa mientras Sebastian la ponía de pie—. Si vas a empezar a incordiarme con lo que tengo que ponerme...

—En absoluto, no es eso —dijo él, camino del dormitorio—. Pero te recuerdo que tendremos que fingir que somos un matrimonio felicísimo.

—¿Y?

—Y estamos locamente enamorados.

—No me digas más. Ya sé por dónde vas, Donovan.

—Yo siempre he creído en el Método de interpretación de Stanislavski —afirmó Sebastian—. Estoy seguro de que la representación nos saldrá mejor cuanto más tiempo pasemos haciendo el amor.

—En fin —suspiró Mel con resignación—. Como decías antes, ¡los sacrificios que se hacen por el trabajo!

Mel estaba segura de que un día echaría la vista atrás y se reiría. O, al menos, podría sonreír con la satisfacción de haber sobrevivido.

Desde sus inicios en la policía, la habían insultado y le habían cerrado muchas puertas en las narices. Había recibido amenazas, golpes, proposiciones indecentes y, en una heróica ocasión, hasta un disparo.

Todo lo cual no era nada en comparación con lo que le estaban haciendo en las instalaciones del Silver Palace.

El centro de belleza ofrecía todo tipo de exóticas torturas. Mel no optó por ningún tratamiento demasiado atrevido, pero no por ello dejó un centímetro de su cuerpo sin atender.

Llegó poco antes que Linda, a la cual saludó como si fuera una vieja amiga.

Mientras le depilaban las piernas a la cera, y Mel descubrió que sí dolía, hablaron de ropa y peinados. Mel llegó a comentar que la noche anterior se había leído unas cuantas revistas de moda.

Más tarde, mientras la esteticista le ponía un montón de potingues en la cara, Mel aseguró que vivir en Tahoe era una delicia.

—Nuestra vista al lago es increíble. Estoy deseando conocer a más gente.

—Jasper y yo podemos presentarte a nuestros amigos —se ofreció Linda mientras la pedicura le arreglaba las uñas.

—Sería maravilloso —contestó Mel—. Por cierto, Donovan me ha comentado que ayer se encontró a Jasper en el club de golf. A Donovan lo encanta jugar al golf. Es más una pasión que un hobby.

—A Jasper le pasa lo mismo. Pero yo no le veo el interés por ningún lado.

Luego empezó a nombrar a una lista de personas que le quería presentar a Mel y habló de lo bien que se lo podían pasar jugando justas al tenis.

Mel decía a todo que sí, al tiempo que se preguntaba si era posible morirse de aburrimiento.

—Me encanta que me mimen así —murmuró Linda mientras les hacían un masaje.

—A mí también —convino Mel, deseosa de terminar con aquel suplicio.

—Supongo que por eso me gusta

tanto mi trabajo. Me ocupa las noches, pero me deja la mayoría de los días libres y puedo aprovechar las instalaciones del hotel.

—¿Llevas mucho trabajando aquí?

—Casi dos años. El casino nunca es aburrido.

—Supongo que conocerás a gente muy interesante.

—Gente con poder. La que a mí me gusta. Por lo que decías ayer, tu marido no es precisamente un muerto de hambre.

—Oh, le va muy bien. Lo suyo con los negocios es algo mágico: todo lo que toca lo convierte en oro.

—Estaba pensando en lo que me dijiste del bebé —comentó entonces Linda.

—Perdón —se disculpó Mel—. No quería aburrirte con mis historias. Conociéndonos de tan poco... Supongo que me emocioné.

—Tonterías —Linda se miró las uñas de los pies con satisfacción—. Hemos hecho buenas migas, así de sencillo. Te sentías cómoda conmigo.

—Sí, pero me violenta pensar que te di la tabarra...

—No me diste la tabarra. Me conmoviste —dijo Linda con voz sedosa—. Y me hizo pensar. Si te parece muy personal, no te sientas obligada a responder, por favor; pero, ¿has pensado en una adopción privada?

—¿Te refieres a acudir a un abogado que trabaja con madres solteras? —Mel exhaló un suspiró lastimoso—. Lo cierto es que lo intentamos, hará un año. No estábamos seguros de si estaba bien. No era cuestión del dinero, nos preocupaba que fuera legal. Y moral... Pero todo parecía en regla. Hasta nos entrevistamos con la madre. Estábamos muy esperanzados. Demasiado. En el último segundo, la madre se echó atrás —finalizó Mel, mordiéndose el labio inferior.

—Tuvo que ser un revés terrible.

—Fue muy duro para los dos. Tenerlo tan cerca y luego... nada. Desde entonces, no hemos vuelto a pensar en esa opción.

—Es comprensible —dijo Linda—. Pero yo conozco a alguien que ha tenido mucha suerte consiguiendo bebés para padres adoptivos.

—¿Un abogado? —Mel cerró los ojos para no delatar el desprecio que se habría traslucido en ellos.

—Sí, no lo conozco personalmente, pero ya te digo que aquí se conoce a mucha gente, y algo he oído. No quiero prometerte nada, ni infundirte falsas esperanzas, pero puedo preguntar, si te interesa.

—Sí —contestó Mel tras abrir los ojos—. No sabes cuánto te lo agradecería.

Una hora después, Mel salió del hotel y se encontró por sorpresa con Sebastian.

—¿Qué haces aquí? —preguntó ella riéndose, después de darse un beso exagerado.

—Jugar al marido cumplidor y enamorado que viene a recoger a su esposa —contestó Sebastian, sonriente. Mel llevaba un peinado supuestamente descuidado, los ojos parecían más grandes y profundos, y los labios tenían el mismo tono fucsia que sus uñas—. ¡Santo cielo!, ¿qué te han hecho?

—No te rías.

—No lo hago. Estás extraordinaria, impresionante. Pero no eres mi Mel —le levantó la barbilla y le dio un nuevo beso—. ¿Quién es esta mujercita tan elegante y arreglada que estoy abrazando?

—No deberías burlarte de mí después de lo que estoy pasando. Me han depilado de arriba abajo. Ha sido un acto de salvajismo —replicó Mel, pasando las manos por la nuca de Sebastian.

—Tengo noticias —comentó este.

—Y yo.

—¿Por qué no me llevo a mi deslumbrante esposa a dar un paseo mientras te cuento que Gumm ha estado sondeando a los maravillosos Ryan de Seattle?

—De acuerdo —dijo ella, al tiempo que enlazaban las manos—. Y yo te cuento que la diosa de la bondad, Linda Glass, está dispuesta a ponernos en contacto con un abogado especializado en adopciones privadas.

—Definitivamente, hacemos un buen equipo.

—Sí que lo hacemos, Donovan —contestó Mel, contenta consigo misma—. Sí que lo hacemos.

—Una pareja encantadora —comentó Gumm no bien se hubieron marchado Mel y Sebastian.

—Están realmente locos el uno por el otro —dijo Linda—. Es todo tan perfecto que me cuesta creerme que sea verdad.

—Me han mandado copias de su certificado de matrimonio y otros documentos y todo parece normal —Gumm se acarició la barbilla—. Si fueran un cebo, no se tratarían con tanto cariño.

—¿Un cebo? —preguntó Linda, preocupada—. Vamos, Jasper. No hay nada que los haya podido llevar hasta nosotros.

—El tema de los señores Frost me preocupa.

—Sí, es una lástima que se quedaran sin su bebé. Pero nosotros cobramos, y no dejamos ninguna pista.

—Dejamos a Parkland. No he podido localizarlo.

—Ya ves tú lo que puede decir ese —Linda se encogió de hombros—. No tenemos de qué preocuparnos. Nunca darán con nosotros... Y nos estamos haciendo de oro —añadió mientras le desataba la corbata.

—Te gusta el dinero, ¿eh? —Gumm le bajó la cremallera del vestido—. A mí también me gusta mucho.

—Tenemos muchas cosas en común. Los Ryan nos van a hacer ganar una buena comisión. Te aseguro que pagarán lo que sea con tal de conseguir un bebé. Ella está desesperada.

—Primero tengo que hacer un par de comprobaciones más —dijo él, tumbándola sobre el sofá.

—Como quieras, pero ya te digo que son inofensivos. No podemos perder. Es imposible.

Mel y Sebastian seguían alternando con Gumm y Linda. Salían a cenar, iban al casino, comían juntos y jugaban partidos de dobles al tenis.

Llevaban diez días y Mel empezaba a

hartarse. Había preguntado en más de una ocasión por el abogado del que Linda le había hablado, pero esta le había recomendado que tuviera paciencia.

Les habían presentado a mucha gente, interesante y atractiva, zafia y sospechosa. Pasaban los días y no hacía sino seguir con su rutina de gastar tiempo y dinero.

También seguía con Sebastian.

No quería preocuparse por problemas del corazón, pero no podía negarse que se había enamorado de él.

Y sabía que Sebastian la deseaba y le tenía cariño; pero la preocupaba que le gustase la mujer sumisa que estaba fingiendo ser... y que dejaría de ser en cuanto finalizase ese trabajo.

Y si bien estaba deseando dar carpetazo a ese caso, y que la justicia obrara con rigor, le daba miedo que llegara el día de volver a casa y separarse.

En esos momentos, en cualquier caso, no debía anteponer su vida privada al trabajo.

Siguiendo un consejo de Linda, había decidido dar una fiesta. Al fin y al cabo, se suponía que le gustaba mezclarse con la flor y nata de la sociedad.

Mientras luchaba con su corto vestido negro, rezó por que nadie descubriera lo mucho que en realidad le disgustaban esas fiestas superficiales.

—Veo que llevas la turmalina de Morgana —dijo Sebastian mientras ambos terminaban de arreglarse.

—Me dijo que era buena para combatir el estrés —explicó Mel mientras se calzaba unos zapatos de tacón—. Será estúpido, pero estoy nerviosa. En las pocas fiestas que he dado hasta ahora sólo había pizza y cervezas. ¿Sabes la de gente que va a venir?

—Sí, y también he visto a los camareros y cocineros que se ocuparán de todo.

—Pero yo soy la anfitriona. Se supone que tengo que saber qué hacer.

—No, se supone que tienes que decir al servicio qué deben hacer y luego recoger tú todos los halagos.

—Eso no está tan mal —Mel sonrió—. Es que estoy deseando que acabe todo esto cuanto antes.

—Paciencia. Esta noche daremos el siguiente paso.

—¿A qué te refieres? —Mel le agarró una manga—. Acordamos que no nos guardaríamos secretos: si sabes algo, dímelo.

—No sé quién es en concreto, pero sí que la persona que estamos buscando estará en la fiesta y que la reconoceré. Todo va a salir bien, Mel.

—De acuerdo —aceptó esta—. ¿Qué dices, pichoncito?, ¿bajamos para estar listos cuando empiecen a llegar los invitados?

—No me llames pichoncito.

—Vaya, al señor no le gusta pichoncito —se burló ella—. En fin, vamos allá. Y que haya suerte.

No era tan terrible, descubrió Mel con el transcurrir de la fiesta. Todo el mundo parecía estar disfrutando, la comida era excelente y la noche invitaba a entrar y salir a la terraza.

Había vino, risas y conversaciones interesantes. Y era divertido ver desenvolverse a Sebastian, ver cómo la miraba y notar sus caricias disimuladas.

—Tu marido no te quita ojo de encima —comentó Linda, la cual lucía un vestido blanco muy favorecedor—. Si tiene un hermano gemelo, no dejes de presentármelo —bromeó.

—Mi Donovan es único —dijo Mel con sinceridad.

—Y todo tuyo, ¿no?

—Sí, todo mío.

—Pues no sólo eres afortunada en amores, sino que das unas fiestas estupendas. Tienes una casa preciosa.

—Gracias... Oye, ¿sabes algo de...? No quiero ser pesada, pero no puedo pensar en otra cosa desde hace días.

—No te prometo nada, pero puede que dentro de poco sepa algo. Ahora quiero presentarte a una persona. Me dijiste que podía traer a algún amigo, ¿no? —Linda le guiñó un ojo y pidió disculpas a los invitados que acompañaban a Mel—. Harriet, quiero que conozcas a la anfitriona, mi amiga Mary Ellen Ryan. Mary Ellen, Harriet Breezeport —añadió tras separarse del anterior grupo.

—Encantada —dijo Mel mientras tomaba la mano de aquella mujer canosa, de unos sesenta años.

—Gracias por habernos invitado —repuso Harriet—. Linda ya me ha contado lo estupenda que eres. Este es mi hijo, Ethan.

—Gracias. ¿Quiere que le traiga una silla y algo de beber, señora Breezeport?

—Oh, me encantaría un poquito de vino —Harriet sonrió—. Pero no quisiera ser una molestia.

—En absoluto —Mel le agarró un brazo y la llevó a una silla—. ¿Vino blanco, tinto, rosado?

—Ethan se encargará, ¿verdad que sí, Ethan?

—Por supuesto.

—Es un buen chico —comentó Harriet en cuanto este se hubo alejado—. Linda me ha dicho que te has mudado a Tahoe hace poco —añadió sonriente.

—Sí, mi marido y yo venimos de Seattle. Es todo un cambio.

—Ya lo creo. A veces veraneo allí. Tengo un pequeño apartamento.

Charlaron un rato hasta que Ethan regresó con una bandeja de canapés y una copa de vino.

—Te presento a mi marido —dijo Mel

cuando Sebastian se unió a ellos—. Donovan, Harriet y Ethan Breezeport.

—Me temo que tengo secuestrada a su encantadora esposa —comentó Harrie.

—A mí me pasa lo mismo con frecuencia. De hecho, tengo que secuestrarla ahora mismo unos segundos. Un problema en la cocina. Excusadnos.

Sebastian se la llevó, trató de encontrar un poco de privacidad y, finalmente, optó por encerrarse con Mel en el baño.

—¡Donovan!, ¡por favor!

—¡Chiss! —Sebastian le puso un dedo en la boca—. Es ella.

—¿Quién es ella?, ¿y por qué estamos en el cuarto de baño?

—Harriet Breezeport. Es ella.

—¿Ella? —Mel se quedó boquiabierta—. Perdona, ¿pretendes que me crea que esa frágil mujer está a la cabeza de una red secuestradora de bebés?

—Exacto —Sebastian le dio un beso en los labios—. Nos estamos acercando, Sutherland.

Doce

Mel vio a Harriet dos veces más en los siguientes dos días. De no ser por su fe en Sebastian, se habría echado a reír ante la idea de que esa abuela pudiera estar al mando de una organización delictiva.

Un día, después de jugar un partido de tenis con Linda, mientras esperaba a que Sebastian completara un circuito de golf con Gumm, un hombre joven se aproximó a Mel con una amplia sonrisa:

—¿La señora Ryan?

—Sí.

—Soy John Silbey. Un conocido mutuo me ha hablado de usted. Me pregunto si podríamos hablar un momento.

—De acuerdo —aceptó Mel.

—Me consta que puede parecer poco ortodoxo, señora Ryan, pero ya le digo que tenemos amigos en común —arrancó el señor mientras tomaba asiento junto a Mel—. Me han dicho que su marido y usted podrían estar interesados en contratar mis servicios.

—¿De veras? —preguntó ella con frialdad, aunque el corazón se le había disparado—. No parece jardinero, señor Silbey. ¿Es para atender nuestro jardín?

—No, no —repuso Silbey, sonriente—. Me temo que no puedo ayudarlos en eso. Soy abogado, señora Ryan.

—Ah —dijo Mel, aparentando cierta confusión.

—No suelo acercarme así a mis clientes, pero al verla aquí me han dicho que era usted la mujer de la que me habían hablado y me ha parecido una buena oportunidad para que nos conozcamos. Tengo entendido que su marido y usted están interesados en adoptar un bebé.

—Yo... ya lo hemos intentado —repuso Mel con cautela—. Es muy difícil. Las agencias tienen unas listas de espera enormes.

—Entiendo —dijo Silbey.

—Ya nos pusimos en manos de un abogado, pero todo se fue al traste en el último momento —comentó Mel entre suspiros—. No sé si podría soportar una decepción así otra vez.

—No quisiera hacerles concebir falsas esperanzas hasta que discutamos el tema con más detalle, pero sí le digo que he representado a muchas madres que, por un motivo u otro, quieren dar a sus hijos en adopción. Mi trabajo consiste en procurarles un buen hogar y una buena familia, señora Ryan.

—Con nosotros tendría todo el amor del mundo, señor Silbey —aseguró Mel con voz trémula—. Si pudiera ayudarnos... no se imagina cómo se lo agradecería.

—En tal caso, ya hablaremos con más detenimiento.

—Podemos ir a su despacho, cuando usted diga.

—En realidad, preferiría que nos encontráramos en su casa, para que pueda asegurar a mi cliente cómo viven, qué relación de pareja tienen estando en su propio ambiente.

—Claro, claro —comprendió Mel, animada—. Cuando le venga a usted mejor.

—Bueno, me temo que voy a estar ocupado las siguientes dos semanas.

—Ah —Mel no tuvo que fingir su decepción—. Bueno, supongo que si hemos esperado tanto...

—Aunque quizá podría sacar una hora esta tarde, si ustedes pueden, por supuesto.

—¡Sería estupendo! —exclamó Mel—. Se lo agradezco mucho. Donovan y yo... Gracias, señor Silbey.

—Espero que pueda ayudarlos. ¿Le parece bien a las siete en punto?

—Perfecto —contestó ella, emocionada, con lágrimas en los ojos incluso.

Cuando Silbey se marchó, siguió interpretando, convencida de que alguien estaría observándola.

—Mary Ellen, cariño, ¿qué te pasa? —le preguntó Sebastian al verla con los ojos rojos.

—Perdón, estoy montando una escena —contestó Mel, secándose las lágrimas—. Lo siento, Jasper.

—¿Alguien te ha molestado? —le preguntó Gumm.

—No, no —Mel sollozó de alegría—. Son buenas noticias. Maravillosas. Discúlpame, Jasper. Necesito hablar a solas con Donovan.

—No faltaba más —respondió Gumm.

—¿Qué pasa? —preguntó Sebastian cuando se hubieron quedado a solas.

—Hemos establecido contacto —contestó ella, sonriente, escondiendo la cara en el pecho de Sebastian—. Ese gusano de abogado acaba de presentárseme y me ha ofrecido una adopción privada... Finge que estás entusiasmado —le recordó.

—Lo estoy —Sebastian le dio un beso en los labios—. ¿En qué habéis quedado?

—Vendrá esta noche a casa para hablar con más detalle.

—¡Qué solícito!

—Y tanto —Mel lo rodeó por la cintura—. Anda, vámonos de aquí. El ambiente está muy cargado.

—¿Todo bien? —le preguntó Linda a

Gumm mientras veían marcharse a Sebastian y a Mel.

—Perfecto —contestó él—. Están tan entusiasmados, que apenas harán preguntas y pagarán lo que les pidamos. Puede que Donovan sea más precavido, pero está tan embobado con su mujer, que hará lo que sea con tal de hacerla feliz.

—¡El amor! —se burló Linda—. ¿Tienes ya al bebé?

—Tenemos una enfermera en un hospital de Nueva Jersey, dispuesta a conseguirnos un niño.

—Genial. ¿Sabes? Me cae bien esta pareja. Igual hasta les preparo una fiesta cuando consigan su bebé.

—Buena idea —Gumm consultó la hora—. Será mejor que llame a Harriet y le diga que puede empezar a mover los hilos.

—Sí, mejor hazlo tú —dijo Linda con una mueca de desagrado—. Ese fósil me pone los pelos de punta.

—Ese fósil es una tapadera perfecta —le recordó él.

—Sí, y el negocio es el negocio —

convino Linda—. Esto se merece un brindis —añadió, haciendo señas a un camarero que rondaba con una bandeja de copas de champán.

—Por los futuros papá y mamá —propuso él.

—Y por una jugosa comisión —replicó Linda, chocando su copa con la de Gumm.

—Gracias por venir —saludó Mel a Silbey cuando este se presentó en su casa.

—Un placer.

—Nos hemos mudado hace dos semanas. Todavía quedan muchos cambios por hacer —comentó ella mientras lo conducía al salón—. Donovan, el señor Silbey está aquí —añadió.

Sebastian se sabía su papel. Tenía que parecer nervioso, al tiempo que amable con el señor Silbey. Después de ofrecerle una copa, se sentaron los tres, Sebastian y Mel dados de la mano para darse apoyo.

—¿Les importa que les haga unas preguntas? Para conocerlos un poco —dijo Silbey.

Sebastian y Mel contestaron a todo, reforzando las respuestas con las miradas esperanzadas y las constantes caricias que se intercambiaron. Silbey prosiguió la entrevista, ajeno al hecho de que dos agentes federales estaban escuchándolo desde una habitación del piso de arriba.

—Tengo que decir que hacen una pareja modélica. Seleccionar un hogar para un bebé es una cosa muy delicada —comentó Silbey, satisfecho—. Veo que para ustedes no se trata de un mero capricho, pero todavía no hemos discutido la cuestión del dinero. Sé que suena horrible ponerle un precio a algo que deberíamos considerar un milagro. Pero hay que aceptar la realidad. Hay que pagar una compensación a la madre biológica, mis honorarios, el papeleo para formalizar la adopción... y todo eso cuesta dinero.

—Claro —dijo Sebastian.

—Necesito una señal de veinticinco mil dólares, más otros ciento veinticinco mil dólares a la entrega del bebé.

Sebastian hizo ademán de hablar. Al fin y al cabo, era un hombre de negocios. Pero Mel le agarró un brazo y le lanzó una mirada suplicante.

—El dinero no será un problema —dijo él por fin.

—Muy bien —Silbey sonrió—. Tengo una mujer, muy joven, soltera. Quiere terminar la universidad y no se siente capaz de educar a un hijo en estos momentos. Les proporcionaré su historial médico, y el del padre; pero ha insistido en que no demos más datos. Si me lo permiten, los recomendaré como padres adoptivos en cuanto me ponga en contacto con ella.

—Sí, sí —dijo Mel.

—Para ser sinceros, son ustedes la clase de padres que ella esperaba encontrar.

—Señor Silbey —Mel apoyó la cabeza sobre un hombro de Sebastian—. ¿Cuándo... cuándo sabremos con seguridad...? Y el bebé... ¿qué nos puede decir?

—Tendrán la confirmación en cuarenta y ocho horas. Respecto al bebé —Silbey sonrió—, mi cliente dará a luz en cualquier momento. Estoy seguro de que la va a aliviar mucho recibir mi llamada.

Poco después, tras soltar unas lagrimitas más, se despidieron de Silbey.

—¡Hijo de...! —imprecó Mel, furiosa.

—Lo sé —Sebastian le puso las manos en sus hombros para serenarla—. Los vamos a atrapar, Mel. Vamos a atraparlos a todos.

—Por supuesto que vamos a atraparlos —Mel se dirigió hacia las escaleras y miró hacia atrás—. Sabes lo que esto significa, ¿verdad? Van a secuestrar otro bebé, de un hospital lo más seguro. No soporto el daño que le harán a la madre.

—No hay más remedio. Y no tardará en recuperar a su hijo —trató de serenarla Sebastian—. Tenemos que llegar hasta el final.

—Sí, vamos a asegurarnos de que los chicos de arriba lo han grabado todo —Mel suspiró hondo—. Luego deberíamos hacer lo que cualquier pareja feliz en nuestra situación haría.

—¿El qué?

—Salir y compartir las buenas noticias con nuestros queridos amigos. Celebrarlo.

—Por vosotros —brindó Mel en el Silver Palace.

—Por los futuros papás —replicó Linda, sonriente.

—Nunca podremos agradecéroslo lo suficiente.

—Tonterías —dijo Gumm—. Linda sólo ha tenido que llamar a un amigo. Una gestión muy pequeña para una alegría tan grande, ¿no?

—Todavía tenemos que firmar los papeles —terció Sebastian—. Y queda que la madre dé su consentimiento.

—Seguro que no habrá ningún problema —intervino Linda—. Lo que tenemos que hacer es celebrarlo: esta noche cenaréis en nuestro ático.

—Eso es tan... —Mel estaba hartándose de llorar. Pidió disculpas y fue al aseo de señoras—. Soy una tonta —le dijo a Linda, que la había acompañado.

—Es normal que estés sensible —la excusó Linda.

—Supongo —repuso Mel—. ¿Te importa darme un vaso de agua? —añadió mientras se secaba las lágrimas.

—Ahora mismo, quédate aquí.

Mel contaba con veinte segundos como mucho, de modo que se movió a toda velocidad. Abrió el bolso de Linda, le sacó la llave del ático y se la metió en un bolsillo.

—Gracias —dijo Mel cuando Linda regresó con el vaso—. Muchas gracias.

El siguiente paso era alejarse del grupo durante al menos veinte minutos sin que notaran su ausencia. Propuso jugar un rato en el casino antes de cenar con Linda y Gumm. Así, mientras los demás se entretenían apostando, Mel logró escabullirse, subió al ascensor, sacó la llave del ático y comenzó a registrarlo.

Quería encontrar alguna prueba que relacionara a Gumm y a Linda con Silbey o los Breezeport. Puede que fuera una locura, pero quería hacer lo posible por detenerlos cuanto antes, a fin de que no llegaran a robar otro bebé y su madre no tuviese que pasar el mismo tormento de Rose.

Después de diecisiete minutos, buscando por todos los armarios y cajones, encontró, a simple vista, un libro de contabilidad. Estaba en el despacho de Linda y contenía unas anotaciones muy sospechosas:

Mercancía adquirida 21/1, Tampa. Recogida 22/1, Little Rock. Entregada 23/1, Louisville. Aceptada 25/1, Detroit. Comisión 10.000 dólares.

Mel pasó las páginas a toda prisa, con el corazón aún más acelerado:

Mercancía adquirida 4/5, Monterrey. Recogida 5/5, Scuttlefield. Entregada 6/5, Lubbock. Aceptada 11/5, Atlanta. Comisión: 12.000 dólares.

David, pensó Mel. Todo estaba ahí: todas las fechas y rutas de distribución.

Por fin, leyó las últimas anotaciones:

H.B realiza nuevo pedido, Nueva Jersey. Recogida entre el 22/8 y el 25/8. Punto de encuentro habitual. Pago final esperado para el 31/8. Comisión estimada: 25.000 dólares.

—Probablemente le habrá dado otra llantina —oyó decir a Linda mientras entraba con Gumm en el ático—. Seguro que Donovan la encontrará.

Mel miró en derredor y optó por ocultarse en un armario.

—La verdad, no me apetece mucho pasar la velada con ella —comentó Jasper—. Seguro que no para de hablar de pijamitas y biberones.

—Haremos un sacrificio. La comisión que vamos a llevarnos merece la pena —repuso Linda mientras entraba en un dormitorio—. Creo que ha sido buena idea organizar la cena aquí. Cuanto más agradecidos y emocionados estén, menos pensarán.

—Harriet ya le ha ordenado a Ethan que ponga la máquina en funcionamiento. Me sorprendió que quisiera ir a verlos en persona, pero se ha vuelto un poco más precavida desde el fallo de los Frost.

Mel respiraba despacio. Apretó la turmalina del anillo y recordó que Sebastian le había dicho que servía para comunicarse con las personas a las que uno apreciaba. Cerró los ojos y deseó que Sebastian la intuyera y entrase con toda la policía.

Dejó el bolso en el suelo y salió del armario. Era arriesgado, pero tenía confianza en que todo saldría bien.

—Pasarán la mercancía a nuestro contacto en Chicago —decía Gumm.

—Me gustaría recogerlo en Alburquerque, así podría... ¿Qué ha sido eso? —preguntó Linda al oír una silla que Mel había tirado al suelo a propósito.

Ambos corrieron hacia el despacho de Linda.

—¡Suéltame! —protestó Mel mientras Gumm le retorcía un brazo por la espalda—. Me estás haciendo daño.

—¿Qué haces aquí!

—Yo... sólo quería echarme una siesta —dijo Mel adrede, sabiendo que era una mentira ridícula—. Pensé que no os importaría.

—Un cebo. Debería habérmelo imaginado —maldijo Gumm.

—¿Eres policía? —preguntó Linda.

—¿Qué? —Mel se fingió alarmada—. No sé de qué estáis hablando. Sólo quería descansar.

—¿Cómo habrá entrado? —preguntó Gumm. Mel dejó que la llave de Linda se le cayera al suelo.

—Es mía —dijo esta, disgustada—. Me la ha sacado del bolso —añadió tras comprobar que le faltaba la suya.

—No sé de qué estáis... —pero Gumm le dio una bofetada para que se callara—. Está bien, no hace falta ponerse así. Yo sólo hago mi trabajo.

—¿Tu trabajo? —preguntó Gumm, lanzándola sobre el sofá.

—Soy actriz. Donovan es detective y me contrató para que le siguiera el juego —improvisó Mel—. Me dijo que consiguiera la llave del ático y que echara un vistazo. Que igual encontraba unos papeles sobre la mesa del despacho... Me pareció divertido. Y me paga cinco de los grandes por el trabajo.

—Una actriz de tres al cuarto y un detective privado —dijo Linda furiosa—. ¿Qué demonios hacemos ahora?

—Lo que tenemos que hacer.

—Mirad, yo me voy de aquí y no volvéis a saber nada de mí. Me voy del estado si hace falta —sugirió Mel, deseosa de que Sebastian no se retrasara—. Me he divertido con los vestiditos, con los masajes, pero ya está, no quiero problemas. Yo no he oído ni he visto nada.

—Has oído demasiado —gruñó Gumm.

—Tengo muy mala memoria —repuso Mel.

—¡Cállate! —gritó Linda.

—Tendremos que ponernos en contacto con Harriet. Está en Baltimore ocupándose de los detalles del último trabajo —Gumm se mesó el pelo—. No le va hacer ninguna gracia.

—Veinticinco mil dólares a la basura —Linda miró a Mel con odio—. ¿Sabes? Te estaba tomando cariño, pero me entran ganas de dejar que Jasper se ocupe de ti.

En ese momento llamaron a la puerta. Mel hizo ademán de gritar, pero Linda, como era de esperar, le tapó la boca.

—Servicio de habitaciones, señor Gumm.

—La maldita cena —murmuró Jasper—. Llévatela a la otra habitación y mantenla callada —le dijo a Linda.

—Un placer —repuso esta, la cual tomó la pistola de Gumm y se llevó a Mel del despacho.

Gumm abrió la puerta e invitó a pasar al camarero:

—No se moleste en servirnos —dijo Jasper—. Nuestros invitados aún no han llegado.

—Sí que han llegado —Sebastian apareció de pronto junto al hombre disfrazado de camarero—. Jasper, quiero presentarte al agente del FBI Devereaux.

—Disculpa —le dijo Mel a Linda mientras le pegaba un pisotón y le tiraba la pistola de un codazo.

—Sutherland —la llamó Sebastian, tratando de contener su enfado—. Creo que tienes que explicarnos algo.

—En seguida —Mel se dio media vuelta y le pegó un puñetazo a Linda— . Esto por Rose.

Estaba claro que no estaba contento con la actuación de Mel. Y Devereaux tampoco parecía entusiasmado, aunque tenía todas las pruebas necesarias para desarticular la red.

Mel comprendía el enfado de Sebastian, pero todo había salido tal como había planeado, de modo que, ¿cuál era el problema?, se preguntaba mientras él la acercaba a Investigaciones Sutherland, de vuelta ya en Monterrey.

—Yo cumplí con mi palabra. No te oculté nada. Pero tú has hecho lo que te ha dado la gana. Has traicionado mi confianza.

De eso hacía dos días y, desde entonces, no había vuelto a tener noticias de él.

Hasta se había tragado su orgullo y lo había llamado, pero no había obtenido más respuesta que la del contestador automático.

Pensó en acudir a Morgana o a Anastasia, para que intercedieran por ella, pero le pareció cobarde. Tenía que ir tras él, acorralarlo si era necesario y obligarlo a que la escuchara.

Durante el trayecto a casa de Sebastian, ensayó lo que diría. Pensó en mostrarse agresiva, calmada, arrepentida incluso. Finalmente, decidió que lo mejor sería ser directa y pedirle que acabara con su silencio.

Aparcó cerca del establo, donde vio otros tres coches más.

—¿No te lo había dicho? —oyó Mel decir a una mujer guapa, de acento irlandés—. Una rubia de ojos verdes. Sabía que algo lo preocupaba.

—Sí, cariño —repuso el hombre que la acompañaba—. Pero yo adiviné que se trataba de una mujer.

—Da lo mismo —la mujer se acercó a Mel y le dio un abrazo—. Hola, bienvenida.

—Yo... gracias... Estaba buscando a...

—Claro, claro —la interrumpió la mujer—. Es evidente, ¿verdad que sí, Douglas?

—Evidentísimo —contestó este, el cual tenía los mismos ojos que Sebastian—. No nos ha hablado de ti, lo cual habla por sí solo.

—Supongo —comentó Mel. Estaba claro que eran los padres de Sebastian—. ¿Podríais decirle que he pasado a verlo? No sabía que tuviera visita.

—Tonterías. Por cierto, me llamo Camilla. Soy la madre de Sebastian —se presentó esta mientras guiaba a Mel hacia la casa de su hijo—. Comprendo que estés enamorada de él. Siempre he dicho que es un chico maravilloso.

—No. yo... —balbuceó Mel, presa del pánico—. Creo que volveré en otro momento.

—No, mujer —terció Douglas—. Sebastian, mira con quién venimos... ¿Dónde está este chico? —preguntó al no obtener respuesta.

—Arriba —dijo Morgana, que salía en esos momentos de la cocina—. Ah, hola —saludó a Mel.

—Hola. Yo ya me iba... No sabía que hubiera reunión familiar.

—Nos reunimos a veces —contestó

Morgana. Miró a Mel a los ojos y sonrió con calidez—. Has metido la pata, ¿eh? No te preocupes, se le pasará.

—De verdad, creo que debería...

—Conocer al resto de la familia —intervino Camilla con alegría.

La llevaron a la cocina, que estaba llena de gente.

—Hola, Mel —la saludó Nash.

—Te presento a mi cuñado, Matthew —dijo Camilla, en referencia a un hombre de pelo gris y mediana edad—. Mi hermana Maureen es la alta del fondo. Y esta es mi otra hermana, Bryna.

—Hola —la saludó esta—. Espero que no te aturdas. Hemos llegado todos por sorpresa esta mañana.

—No, no. No quiero molestar. Creo que debería...

Pero ya era demasiado tarde. Sebastian entró en la cocina, flanqueado por Ana y un señor bajito de ojos brillantes.

—Mel, este es Padrick, el padre de Ana —dijo Bryna sin soltar la mano de Mel.

—Hola, encantada de conocerte —

dijo esta, sin atreverse a mirar a Sebastian.

—Quédate a cenar con nosotros. Maureen, amor, ¿qué huele tan bien?

—He preparado goulash.

—Agradezco la invitación, pero tengo que irme —se disculpó Mel—. Lo siento, debería... haber llamado antes —añadió cuando por fin se atrevió a mirar a Sebastian.

—Disculpadnos —le dijo este a su familia—. Mel no ha visto al potro desde que nació —agregó, al tiempo que le agarraba un brazo para sacarla de la cocina.

—Pero tienes visita —susurró ella.

—La familia no es visita —contestó Sebastian—. Y dado que has venido hasta aquí, imagino que tienes algo que decirme.

—Bueno, yo... lo diré cuando me sueltes.

—De acuerdo —accedió Sebastian. Habían llegado al establo, donde el potro estaba mamando, protegido por Psyche—. ¿Qué quieres?

—Yo... he hablado con Devereaux.

Dice que Linda confesó todo. Gumm y los Breezeport van a estar a la sombra una buena temporada. También han detenido a Silbey.

—Ya lo sabía.

—Ah, no estaba segura —Mel se metió las manos en los bolsillos—. Tardarán un tiempo en localizar todos los bebés y devolverlos a sus padres, pero... ¡funcionó, maldita sea! No sé por qué estás tan enfadado.

—¿No lo sabes?

—Hice lo que pensé que sería lo mejor —contestó Mel—. Estaban a punto de secuestrar a otro bebé. Lo vi en el libro.

—El libro que encontraste por tu cuenta y riesgo.

—Si te hubiera dicho lo que iba a hacer, habrías intentado detenerme.

—Te equivocas. Te habría detenido.

—¿Lo ves? Nos hemos ahorrado muchos problemas.

—Arriesgaste tu vida —espetó Sebastian—. Tenías un moretón en una mejilla.

—¿Y qué? Es mi mejilla.

—¡Santo cielo, Sutherland! Esa mujer te estaba apuntando con una pistola.

—Donovan, el día que no pueda encargarme de una mujer como Linda, ya puedo ir jubilándome... ¿Es que no lo entiendes? No soportaba que robaran otro bebé y me dejé guiar por mi instinto —dijo Mel—. Además, aunque no lo parezca, no lo hice yo sola. Te llamé, sabía que vendrías.

—¿Y si hubiera llegado tarde?

—Pero llegaste a tiempo. ¿Qué sentido tiene...?

—Tiene que no confiaste en mí —la interrumpió Sebastian.

—¿Cómo que no? ¿Y en quién confiaba entonces cuando froté la turmalina del anillo para que vinieras con los federales? Sabía que no me fallarías.

—Podían haberte herido —insistió Sebastian, más calmado.

—Gajes del oficio. Yo he elegido ser detective, tengo que asumir algunos riesgos —argumentó Mel.

—Puede que tengas razón en eso. Pero sigue sin gustarme tu estilo.

—Ni a mí el tuyo —espetó Mel, parpadeando para que no se le saltaran las lágrimas.

Mientras tanto, en la cocina, la familia aguzaba el oído para seguir la conversación, mirando por la ventana:

—Mi hijo siempre tan cabezota —comentó Camilla.

—Diez libras a que al final todo se arregla —apostó Padrick.

—Callad. Así no hay forma de oír —intervino Ana.

—Sigo pensando que no me equivoqué, pero siento que te haya molestado tanto, porque yo... —Mel se llevó las manos a la cara para secarse las lágrimas y esquivó a Sebastian cuando este se acercó a consolarla—. No, no quiero que me des una palmadita en el hombro. Supongo que no puedo echarte la culpa por hacerme el vacío.

—¿Hacerte el vacío? —repitió Sebastian—. Me he alejado porque quería dejar pasar tiempo, no te fuera a estrangular en caliente.

—Da igual —dijo Mel, tratando de recobrar la compostura—. Te he hecho daño, pero quiero que sepas que no era mi intención. Creo... creo que hemos hecho un buen trabajo. Ahora que hemos terminado, supongo que debo devolverte esto... Parece que los Ryan se divorcian —añadió Mel, quitándose el anillo a su pesar.

—Eso parece —Sebastian aceptó el anillo. No necesitaba mirar sus pensamientos para saber que Mel estaba sufriendo y, aunque no fuera muy noble, lo satisfacía mucho—. Es una lástima, aunque, por otro lado, te prefiero a ti mil veces —añadió, acariciándole una mejilla.

—¿De verdad?

—Totalmente. Empezaba a aburrirme de Mary Ellen Ryan. Nunca discutía conmigo. Sólo sabía ir a hacerse la manicura —Sebastian la atrajo con suavidad.

Mel sabía que estaba temblando, de nuevo se le saltaban las lágrimas.

—Sebastian, necesito...

—Dime.

—Yo quiero... —Mel lo miró a los ojos y suspiró—. ¡Léeme la mente, por favor! ¡Mira lo que estoy sintiendo y no me lo pongas tan difícil!

Sebastian miró y vio justo lo que deseaba.

—¿No puedes decírmelo? —preguntó después de darle un beso delicado en los labios—. ¿No te salen las palabras?

—No quiero que te sientas presionado, pero yo...

—Te amo —completó Sebastian.

—Sí —Mel acertó a sonreír—. Supongo que he cruzado la línea. Había venido a decírtelo, pero se me hacía raro delante de toda tu familia.

—Que está toda cotilleando desde la cocina, y disfrutando tanto casi como yo —observó Sebastian. Le dio un beso en la frente y le agarró una mano—. Tengo esta turmalina desde que era un niño. Le pedí a Morgana que hiciera un anillo con ella para ti. Para ti, no para la aburrida de Mary Ellen Ryan. Porque eres la única mujer que quiero que lo lleve. Eres la única mujer con la que quiero compartir mi vida, Sutherland. Nadie, nunca jamás, te va a amar más de lo que yo te amo —añadió mientras volvía a introducir el anillo en el dedo anular de Mel.

—¿En serio? —preguntó esta, súbitamente calmada, con los ojos secos.

—No, Sutherland, es una trola —repuso Sebastian, sonriente.

—Te quiero, Donovan —dijo ella, lanzándose a sus brazos. Oyó los aplausos procedentes de la cocina y se echó a reír—. Voy a hacer todo lo posible por llenar tu vida de anécdotas interesantes.

—No me cabe la menor duda —Sebastian le dio un beso, más largo y profundo, y luego le agarró una mano con dulzura—. Ven con mi familia. Te estábamos esperando todos.

PIDELO
EN TU
QUIOSCO

Nº 69

VAMOS A HABLAR DE AMOR...

Gracias a su atrevido programa de radio, *Susurros en la Oscuridad*, la locutora Kelsey Logan se convirtió en la comidilla de la ciudad. De repente, todos los hombres de Baltimore estaban ansiosos por descubrir la verdadera identidad de Lady Love, la seductora sirena que los mantenía despiertos cada noche. Pero el único hombre al que Kelsey deseaba desesperadamente era al atractivo y remilgado Mitch Wymore.

Mitch estaba pasando por una crisis al intentar asumir que la criatura que le amargó la infancia con sus travesuras se había convertido en la provocativa locutora por la que suspiraba toda la ciudad, y por la que él también suspiraba. Si Kelsey no le hubiera dejado tan claro que estaba dispuesta a seducirlo, a buen seguro hubiera sido capaz de controlar sus bajos instintos...

Nº 2-96

A Serena Lightfoot le parecía extraño que siempre que necesitaba ayuda, el cirujano Ivo van Doelen pareciese tener la solución. Cuando la instaló en casa de su antigua niñera en Chelsea, Serena sabía que no podía quedarse mucho tiempo, ya que corría el peligro de enamorarse de él.

Pero Ivo sabía lo que quería... simplemente necesitaba tiempo para que Serena llegase a conocerlo, y un matrimonio entre amigos le daría ese tiempo. Todo lo que tenía que hacer era convencer a Serena de que aceptase su proposición...

¡PIDELA EN TU QUIOSCO!

Nº 386

son historias...

«Mi nombre es Wind, Kathy Wind». Con estas palabras, la sensata princesa Katherine Wyndham se transformó en un agente secreto. Su misión: localizar al príncipe heredero, secuestrado en la infancia. Para ello, tuvo que adoptar una falsa identidad, y así se convirtió en la niñera de los hijos del atractivo magnate Trey Sutherland.

Cuidar a los niños de Trey le resultaba mucho más divertido y fácil que cualquiera de sus obligaciones como princesa. Y enamorarse de él fue mucho más sencillo todavía. Pero Katherine siempre se había considerado a sí misma como la menos atractiva de sus hermanas... Y quizá fuera demasiado esperar que Trey pudiera enamorarse de ella, sobre todo cuando descubriera su verdadera identidad.